心中探偵
蜜約または闇夜の解釈

森　晶麿

心中探偵　蜜約または闇夜の解釈

目次

序章　生きてしまった朝

死んだ――はずだった。

月白色《げっぱくいろ》の天井。それよりもさらに淡く白に近いカーテン。死の国の入り口だと言われても、信じられた。頭のなかではいつか水族館で家人と見た海月《くらげ》が浮かんでいた。数十匹の海月が群れを成して上下に動く。一つが浮かべば、べつの一つが沈む。その反復運動のなかに、俺はたしかに死の世界を予感した。いずれ、あの海月の触手の下から、絶望も虚無も超えた世界へと招かれて入っていくのだ、と。

いまがその時であってていけない理由はどこにもなく、したがってここは死の国でまったく問題ないのであった。

「目覚めたのね。よかったわ、無事で……」

ベッドの隣にいた家人の道子《みちこ》は寝ていないのか、微《かす》かに窶《やつ》れて見えた。

「また会ったな」

「ばかなひと。不眠症にでも何にでもなればいいわ」

これまで何度となく道子に言われてきた言葉だ。

それは俺の弱点でもある。俺は道子がとなりにいないと眠れないのだ。今回のように、気を失わないかぎりは。だが、このときほど彼女の言葉の奥底に潜む生ぬるい愛の気配に敏感になったことはなかった。

この愛の温度から逃げたかったのではなかったか。なぜかくもこれまで通りに言葉を交わしてしまうのか、と自分が解せない一方で、どうにもきまりが悪いとも感じている。この女といると、つねに自分が罪人であるかのような気分になるのだ。そして、たぶんそれはまったくその通りではあるのだった。

俺の手を握る家人の手は温かく、ここが温度をもたぬ死の国ではないことを証明していた。

つまり——俺は生きているらしい。

彼女は、と言いかけてその言葉を飲み込んだ。道子に問うには憚《はばか》られた。だが、すでに勘のいい道子は、俺の気にかけていることを察していた。

「あなたと一緒にいた女性なら、亡くなりました」

道子は目を伏せた。真実を告げるのが酷だと思ったからか、俺がよその女と一緒にいたことを現実と認めるのが口惜《くや》しいのか。恐らく両方だろう。

「死んだ？　水奈都《みなと》が？」

本当なのか……。ともに死を誓い合った女。俺と彼女の距離はいまでは天と地ほどもかけ離れてしまったのか。一人は死の国へと旅立ち、一人はおめおめと生の側《がわ》にとどまってしまっているというのだ。

「そのことで、あなたにお話を聞きたいと言っている方が外に」

「通せよ」

道子は黙って出て行った。微かに頬が濡《ぬ》れていたようにも見えたが、今の俺には何もできるはずがなかった。よその女とこの世に別れを告げようとしていたような男が、自分の妻に言えることなどない。

やがて、見慣れぬ男が現れた。

「あ、どうもどうも。お噂《うわさ》どおりの美男子ですな。自分の相貌が惨めになりますよ、まったく。座りますね」

許可も得ぬうちに男は腰かけた。童顔なのか老け顔なのか判然としない。円《つぶ》らな瞳をしているが、髭《ひげ》は濃く、全体のイメージとしては甲斐甲斐《かいがい》しく家畜の世話でもしていそうな牧歌的雰囲気と、害虫一匹さえ逃すまいとする鋭い眼光がアンバランスに一つにまとめ上げられている。彼は黒い名刺ケースから名刺を一枚取り出してこちらに寄越《よこ》した。

「上野《うえの》署の磯山《いそやま》と申します。ご一緒におられた方は残念でしたね。でもあなたは死ななかった」

そこでふと間を置く。口元には笑みを湛《たた》えているが、円らな瞳からは感情が消えていた。

「運が良かったですね。不幸中の幸いというやつです」

その言葉に明確な悪意を読み取ったのは間違いではなかった。磯山はすぐに本題に入った。

「亡くなった柳沼《やぎぬま》水奈都さんについて少々お尋ねしたいことがあります。基本的な部分ですね。お二人は昨夜、上野にある旅館《月ノ屋《つきのや》》一階奥の〈玉兎《ぎょくと》の間〉に入りました。室内はオートロック式で外から第三者が侵入することは難しい状況、つまり、密室でした。そして朝の十一時、チェックアウトの時間になってもお二人はフロントに現れず、不審に思った女将《おかみ》が部屋へ行って亡くなっていた水奈都さんと、その隣で眠っている華影《はなかげ》先生を発見されました」

そこで磯山はほんの少し間をとり、俺の顔を確かめる。俺のほうはと言えば、自分の意識のない間についての情報に、なるほどと思っただけだった。磯山は続ける。

「どうもお二人の接点がわからないのでして。彼女のケータイの電話帳にも先生の電話番号はないようですし、周囲の人間も華影先生の話は聞いたことがない、と言っています。柳沼水奈都さんとはいつ頃、どこでお知り合いになられたのですか？」

「男女がどこで知り合ったかなんて野暮な質問だね」

「たしかに野暮です。しかし、どうしてもお聞きしないわけにはいかないんですよ。いろいろと気になることがありましてね」

「事件の可能性でも？」

「駆けつけた監察医も検死で自殺と判定しています。死亡推定時刻は深夜三時から四時の間。毒物に関して、彼女は自発的に飲んだようですし、監察医の診断を尊重するつもりではいます。ただ――純粋に気にかかるのです。電話帳にも登録がなく、家族や知人にも知られていないような秘密の関係を、彼女がいつ作る隙があったのだろうか、と。というのも、彼女、柳沼水奈都さんは柳沼財閥の令嬢でしてね。現当主、柳沼水智雄《みちお》氏の妹さんなのです。あなたとはどこで接点が……」

「俺のような売れない作家と財閥の令嬢がどこで接点を持ったのか、というわけか」

「ええ、まあ」

歯に衣着せぬ物言いをする奴《やつ》だ。

「もっとも、あなた自身は今回の事件で一躍有名人の仲間入りですな」

「何の話だ？」

彼は懐からスマホを取り出して、ニュースの動画を見せた。

どうやら今日配信されたもののようだった。深刻そうに話すキャスターの胸のあたりにはこんなテロップが出ていた。《文学界の新星、心中未遂！　相手の女性は死亡》。その文字で俺はようやく彼女の死を現実のものとして受け入れた。

そして、柳沼水奈都と出会った夜へと、思いを馳《は》せる。

心のなかでは時空の現実と己の紡いだ虚構と自分以外の虚構とが、無数に重なり合っている。

イメージの束を捲《めく》り、目的の記憶へ。

東銀座《ひがしぎんざ》駅を出て、歌舞伎座《かぶきざ》のある晴海《はるみ》通りをまっすぐに南東に進み、京橋《きょうばし》に向けていったん折れたところに夜に咲くあだ花、〈ＢＡＲ鏡花《きょうか》〉がある。

俺はそこの常連客だった。そして、あの夜、終電すぎまで飲んでいた。柳沼水奈都と出会ったのは、店を出たあとだった。

夜の闇に、赤いドレスの女が、真夏の夜の幻のように揺らめいていた。

第一章　心中の夜

1

「べつに男性が好きってわけじゃないですから」

編集者の溝渕《みぞぶち》はお気に入りの眼鏡を指で押し上げつつ、チョコ柿の種を食べた。命の次に眼鏡を大事にしている男で、打ち合わせの最中にも、十分に一度はレンズをクロスで拭いている。以前聞いた話では、その眼鏡はフランスの何とかいう老舗《しにせ》のオーダーメイドであるらしい。

絹糸のように細くするりとした黒髪、乳児のごとく滑らかな肌をしたこの男は、〈BAR鏡花〉に来るたびに、ママの鏡花に頬を撫《な》でられたり散々なセクハラまがいのことをされたりした挙げ句、同性愛疑惑をかけられ、斯様《かよう》な言い訳をせねばならなくなるのだ。ここのところはそれが毎回の光景となっていた。

実際のところ、溝渕は小説を偏愛している。あとは眼鏡。好きな女がいることも最近わかってきたが、それを現実の世界で成就させる気がないのだ。だから文学の世界にのめり込む。荷風《かふう》、谷崎《たにざき》、川端《かわばた》、里見《さとみ》、足穂《たるほ》……このあたりが好きなところはママの鏡花と完全一致しているから、この二人が将来くっついたりすることもあるかも知れない。

溝渕は酒には一切口をつけずに、いつまでも文学の未来を語っていられる男だ。活字に憑《つ》かれすぎて、己のプライベートがまったくお留守になっている。まさにうつつを抜かしているのだ。出版社に入社して以来、うつつを抜かしっぱなしで二十代の後半に突入してしまったらしい。

ディレッタントを気取るほどの気概があるわけではない。ただ何となくそうして歳を重ねただけなのだ。その証拠に、からかわれれば酒を一滴も飲んでいない分際で頬を赤らめて、まるで少年のように肩をすくめる。

溝渕を見ていると、懐かしい気持ちになる。高校時代の後輩のことを思い出す。端整な顔立ちでありながら、すぐに恥じらっては頬を染めるところなどよく似ている。あの男は現在では一丁前に冷徹なポーカーフェイスを身につけ、都内の大学で美学の教授をしている。たまに飲みに誘うが十回に九回は忙しいからと断られる。あの男がかつて持っていた少年性のようなものを、いまだに溝渕は携えている。

「もう！　華影先生が悪いんですからね……！」

　溝渕はぷいと怒って顔をそむける。

「かわいい！」と鏡花が囃《はや》し立てるから、溝渕はまたも顔を真っ赤にしてしまう。さきほど俺が頬をつまんでやったら、まんざらでもなさそうに口元を綻ばせたばかりに鏡花から同性愛疑惑を掛けられ、怒っているらしい。

「どっちでもいいじゃないか。人間の性別など所詮はすべて仮象。そんなものにこだわること自体が、ナンセンスだと思わないか」

　俺はボウモア十二年のストレートを飲み干し、次の一杯も同じものを頼んだ。

「あら忍《しのぶ》センセは両刀なの？」と鏡花。

「だからそのような括《くく》り自体が問題なんだ。俺は男である前に俺だ。そして溝渕、おまえも男である前におまえなんだよ。それだけのことだ。だから同性愛とからかわれたからと言ってむきになるのも器の小さい話だ。表層的な性別でしか人間を見ていないと表明しているようなものだからな。いかなる性別も種別も、関係ない。生きとし生けるものはあまねく輝いている」

　そして――この世のものはみな、いずれ滅びる。

　だが、その台詞《せりふ》は飲み込んだ。くだらぬ虚無感は酒とともに腹に流し込むに限る。

「まず、いかに華影先生が美男子といえど、僕は同性愛者じゃないですし、第一華影先生は人間的に問題がありすぎます。でも、先生の文章は骨の髄まで愛しています。一生読んでいられます。はい」

ふだんは一切口をつけぬグラスのワインを、溝渕は珍しくぐいと飲み干した。飲み干してから、「あっ」と声を上げた。飲むつもりもなかったのに、興奮のあまりつい手がグラスにのびたとみえる。

その顔は、見る間に真っ赤に染まっていく。早速酔いが回ってきたらしい。呂律《ろれつ》が回らなくなってきたかと思っていると、ついには俺の肩に手を置いて「絶対に芥川《あくたがわ》賞をとりましょう、先生ならできる！」などと言い出す。賞に興味などないと俺がすげなく返せば、「そんなこと言っていてはダメです！　ほかの作家なんか蹴散らしちゃってください」と発破までかけだす始末。

「そろそろおあいそ頼む」

たまりかねて俺は鏡花に願い出て立ち上がろうとする。が、その肩をぐいと溝渕が摑《つか》んでくる。

「華影先生！　まだいいじゃないですかぁ！　僕は先生の文章の素晴らしさを今夜ひと晩語りつくしたいんです！　そして明日《あした》発売の新刊も、今度こそ重版を！」

俺は本名の華影忍の名で売文業を営んでいる。美術雑誌のライターからそのままスライド式に小説を書き始めた。俺の美術コラムの記事を目にした溝渕が「あなたには小説も書ける気がします、というか小説のほうが向いています、絶対」と言ってきたからだった。

虚構など俺に紡げるものかと思ったが、文章には自信があるのも確かだった。外見の美しい者、当然文章だって美しくて然《しか》るべきだ。文は人なり。この華影忍が物語を紡げば、総じて美が宿るという気がした。それで、深く考えもせず引き受け、深く考えもせず書いた初めての小説を手渡したところ、これが文芸誌に掲載されて今日に至る。

デビュー作のタイトルは『がらてあ心中』だった。ジェロームの絵画《ピュグマリオンとガラテア》に材をとった内容だ。浄瑠璃《じょうるり》『曾根崎心中《そねざきしんじゅう》』で使用する人形〈徳兵衛《とくべえ》〉に魅せられた元銀座のホステス〈菜穂子《なおこ》〉は人形浄瑠璃の人形師・尾崎《おざき》の妻となり、夫のいない隙に作業場に出入りするようになる。そして、〈徳兵衛〉に自分をここから連れ去ってほしいと願うのだが、〈徳兵衛〉は人形師の夫への義理立てからそれを拒絶する。

――愛しているのに。人間が人形を愛してはいけませんか？

――ならぬ、ならぬのだ。我が世と君が世は別の世。

〈菜穂子〉には〈徳兵衛〉がそう言っているように聞こえる。やがて『曾根崎心中』の筋書きどおり、〈徳兵衛〉には叔父から縁談が入り、断るなら金を返せと言われる。無論の出来事。だが、〈徳兵衛〉は戯曲の世界から逸脱して〈菜穂子〉と心中する道を選ぶ。少なくとも、〈菜穂子〉には〈徳兵衛〉がそう決意したように感じられる。〈菜穂子〉は〈徳兵衛〉と自身の死はまったくのべつの境地であることを思い知るが、だからと言って〈徳兵衛〉を夫のもとに返すこともしたくない。公演は二日後に迫っている。さてどうする、というところで〈菜穂子〉は夫にある提案をする——。

発売当初、結末が物議をかもしたわりに、売れ行きとしてはいたって地味だった。なのに、性懲りもなく、溝渕はまた俺に原稿依頼をしてきた。

明日からいよいよ、二冊目の単行本『外架室』が発売される。月の罪人である男が、同じく罪人であり、この星の暮らしに馴染《なじ》んでしまった女の手術を担当することになる。女はひと目見て男が月の罪人だとわかるのだが……というもので一作目よりも幻想風味が強い。『竹取物語』をベースにしつつ泉《いずみ》鏡花の「外科室」を塗り替える構造をとっている。一読、溝渕は大傑作ですと太鼓判を捺《お》したが、ただ俺のほうはこの作品を書いたことでいよいよこの世に未練が消えていた。

「まあ重版なんて夢はあまり見ないほうがいい」

本当は出版を前に樹海にでも姿を消してしまいたいところだった。俺の厭世観《えんせいかん》はそれほどまでに強くなっていた。圧倒的瞬間以外、何も求めていないのだ。高校を出てからずっとそうだ。そして、物語る作業は、とりもなおさずそうした自分の思考に輪郭を与えることになった。

「出版前から何を弱気なことを！」

「冷静なだけだ。さあ帰るぞ」

「僕はまだ飲み足りないんです。うぷっ」

早くも吐き気を催している。世話のやける男だ。俺はしばし考えた末に、鏡花にその場を任せることにした。

「ちょっと、逃げる気ですか！　先生！」

「また観劇のあとにでも飲もう」

出版を祝って、溝渕は俺のために国立劇場《こくりつげきじょう》で行われる『曾根崎心中』の浄瑠璃公演のチケットを用意してくれていた。数日後に一緒に行くことになっているのだ。

「待ってくださいよ、まだ次作の打ち合わせもしていません！」

「売れなかったら次はない、だろ？　あとで考えようぜ」

「死力を尽くして売ってみせますから！」

前回もそうだったが、今回もしょうじき装画の芸術性が高すぎる。奴は俺の作品を大事にしすぎているのだ。だから宝物のように扱い、宝物に見えるように瀟洒《しょうしゃ》な装画を施すのだが、それが世間からすればお高くとまっているように映ってしまうのだろう。まあ、下手にへりくだって売れたところで五月蠅《うるさ》い馬鹿どもが手にとるだけだから、やがて人々の記憶から消える作家でべつだん俺は何も困りはしないのだ。用がなくなればこの世を去るのみ。

生まれつき、ほしくもないのに有り余る財に恵まれて育った俺は、生計のために職業を考えたことがない。一生遊んでいたって食ってはいけるのだ。父の運営する私立扇央《せんおう》高校の理事という役職もある。月に一度の理事会だけは顔を出している。

本来学校を継ぐべき立場だった兄は、恋人を俺に奪われて自死を図り、この世を去ることになった。兄から奪うかたちになったことは不本意だったが、後悔はなかった。俺にとって彼女は〈運命の女〉だったからだ。しかし、その後、彼女は俺と婚約をしたものの、結婚に至る前に亡くなってしまった。

彼女をめぐっては、当時可愛がっていた後輩とも争った。彼女は俺とその後輩との狭間《はざま》で心が揺れているようだった。そして、彼女は想いを謎にしたまま、自ら死を選んだのだ。その痛ましい死によって、俺は心に深い傷を負うことになった。

そこから、俺の人生は深い闇に包まれてしまったのだ。

親父《おやじ》はいい加減俺に全権を任せたくてうずうずしているようだが、そういったことは俺より家人の道子のほうが合っている。そのうちあらゆることはなるように進んでいくだろう。

それより問題は――この世に興味がなくなりつつあることだった。俺の人生にはつねに〈運命の女〉の影がちらつき、俺を死へと誘惑する。

すべては水を飲むようにいともたやすく女に手を出してきた俺の行動への天誅《てんちゅう》ともいえる。俺は罰を受け入れ、まっとうに生きることを自身に禁じた。

大学へも行かず、親の運営する私立高校の事業も受け継がず、どこで野垂れ死んでもおかしくないほど酒に溺れた暮らしを送ってきた。いまは小説家と呼ばれたりもしているが、そんなものは長くは続くまい。俺の命など、やがて死神がほしがるに任せる日がこよう。その行く末が、俺には容易に想像がついた。

いっそ、こちらから死神を迎えに行くという手もあるか。この世にほんの二冊ほどの美文を遺《のこ》して消えるのもまた華影忍らしい。

そんなことを考えながら晴海通りから中央《ちゅうおう》通りへと酔い覚ましにのんびり歩いた。飲んだ後のいつもの日課だ。夏の夜の酔い覚ましの遊歩ほど心地よいものはない。ただ一点、懸念事項を除けば――。

「また君か。いつも尾《つ》け回してくれて嬉《うれ》しいよ。でも、そんなことをしても、俺の愛は帰ってこないぜ？」

背後の気配から、川瀬《かわせ》成美《なるみ》がいることはわかっていた。相手が何も答えなくとも、彼女がそこにいるのは間違いなかった。

成美と寝たのは一度だけだった。だが、彼女は他人に吹聴《ふいちょう》するたびに俺と寝た回数を増やしていった。

彼女は俺が美術系雑誌のライターをしていた頃の担当編集者だった。目鼻立ちのはっきりした美人で、奥二重がエキゾチックな風情を醸していた。官能的な美術作品について夜な夜な語り合っているうちに、妙な塩梅《あんばい》になり、いつの間にやらそういうことになった。大人になってからはうっかり肉体関係をもつ回数を減らすようにしていたから、そうなってしまったのは恐らく酒の魔力だったのだろう。

だが——いま思えばあのときあの女は媚薬《びやく》を使ったのかも知れない。そうでなければ、いくら酒の魔力とはいえ俺が容姿だけであの女にその気になるとは思えない。

ライターから作家に転身した頃から、成美は俺に付き纏《まと》うようになった。外で飲むのもつねに身の危険と隣り合わせだったが、ここ数カ月はその偏執ぶりが激しくなっている。

「ただあなたが不幸になる瞬間が見たいだけよぉ。楽しくなりたいの。わかるでしょ？　とにかく楽しくなりたいのよぉ。楽しく楽しく楽しく楽しく楽しく楽しく楽しく楽しく」

姿は見せぬまま、彼女は何かに取り憑《つ》かれでもしたみたいに、半笑いで歌う。

「そんなに不幸にしたけりゃ、そのポケットに忍ばせてるナイフで刺せよ。逃げも隠れもしないぜ」

彼女はこれまでも何度かナイフをちらつかせたことがあった。今夜も持っているに決まっている。

「何の反省もないのねぇ……不思議ぃ不思議ぃ不思議ぃ」

「反省という言葉は俺の辞書にないいんでね」

「辞書にないいんだぁ……じゃあその辞書燃やしちゃおうかぁ。辞書より本人かなぁ。本人だよねぇ。本人がいいよねぇ」

引き攣《つ》った笑い。常軌を逸しながらも、どこかでまだ俺を恐れる正常な意識もある。ひどくアンバランスな彼女の内面が窺《うかが》い知れた。

「楽しみにしてるよ。だが、今夜はやめてくれ。あまり気分が良くない。警察に通報してしまいそうだ。もっとゆっくり君の悪巧みに付き合える夜があるだろう」

「ふぅん、逃げるんだぁ、そうなんだぁ、逃げられると思ってるんだねぇ。あんなことしておいて。ふうん」

言葉とは裏腹に、声は徐々に遠のいていく。恐らく今夜はこのままフェイドアウトしてくれるだろう。

こういう手合いには警察という単語がいちばん効く。実際、彼女はもう追ってはこなかった。

気を取り直し、花椿《はなつばき》通り脇の怪しい路地裏にしか見えない小路に入り込んだ。一度深く息を吐いてから、この先にある豊岩稲荷《とよいわいなり》神社へ向かって歩き出す。ここは最近では銀座界隈《かいわい》で働くホステスたちを中心に縁結びを祈る者が多いと聞く。

デビュー作において、〈菜穂子〉が〈徳兵衛〉を連れ、縁を結ばせてくれと祈りにくる場面を挿入したのも、よく〈BAR鏡花〉で飲んだ帰りにここに立ち寄っていたからだ。

と言っても縁結びのために参拝しているわけではない。ただ、ここへ来るたびに俺は不思議と、未来において他者と完全に一体となれるような予感に満たされる。その予感は、俺にとって麻薬よりも劇薬なのである。結婚だの恋愛だのといった生ぬるい現実には対応しない、まったく次元の異なる〈つがい〉としての他者である。他者であり、己の一部であるような存在。そいつは死神かも知れなかった。

今日もやはりぼんやりとそんな空想をめぐらしていた。夏の夜風が酔った頭を撫でてゆく。二匹の白狐《びゃっこ》がそれぞれ本殿の左右に立って凛《りん》と闇を見つめている。その先にあるのは地獄か、無か。

本殿の前に女がうずくまっていた。俺の気配を察してか、突如立ち上がる。

松明《たいまつ》かと見紛うような深紅のスリップドレスが目を引く。

「美しい火が落ちているな」

俺は声をかけた。返事はない。女は揺らめくようにしてこちらへやってくる。俺の脇をすり抜けようとした。その千鳥足具合が淫《みだ》らでもだらしなくでもなく微かな気品を備えている。恐らく、軸がブレていないのだ。バレエか日本舞踊か、とにかく何かしらの踊りを習得した者特有の歩き方に感じられた。

それに——思いのほか身の丈がある。俯《うつむ》き加減でよく見えぬものの、顔立ちも悪くなさそうだ。だが、闇夜を愉《たの》しんでいるのではなく、自暴自棄というほどでもない、ほんのりとした無気力感を女は纏っていた。その様子が俺の心理状態によく似ていた。

「美しい火よ、どこへ行く？」

もう一度俺は行きかけた女に話しかけていた。

「どこへなりと、です。今夜なら誰でも襲えそうですし？　ふふふ」

その奇妙な喋《しゃべ》り方に、俺は一瞬で心を奪われた。それは、己の書いた『がらてあ心中』の〈菜穂子〉を彷彿《ほうふつ》とさせる口調だったのだ。

人形の世界——死の世界をも恐れぬ〈菜穂子〉と、目の前のゆらめく炎のごとき女が、重なって見えた。それもそのはず、小説のなかの〈菜穂子〉が〈徳兵衛〉との出会いのシーンで着ている服がまさに深紅のドレスだったのだ。

これは夢か。俺は己の虚構のなかにいるのではあるまいか。

「じゃあ俺を襲ってみたらどうだ？」

そこで初めて女は俺を振り返った。左右均整のとれた顔立ちは、むしろシャワーのあとの素顔こそ見てみたいと思わせるものがある。

女は俺の顎《あご》に手を当て、細く、切れ長の目で、しげしげと俺を見た後に顔に唾を吐きかけた。

「残念、好みが違うですねー」

俺はハンカチで唾をぬぐいとった。以前なら、こういう女は口説くより先に唇の一つも奪うか、さもなくば抱きかかえてそのままホテルに連れ込んでいただろう。だが、そういったことにはエネルギーを要する。俺はそれらの熱量をすべて十代の波打ち際に置き去りにしてしまっていた。

「奇遇だな。俺もおまえは好みじゃない。生きるうえでは絶対におまえのような女に声はかけないだろうな」

「つまりです？」

言葉の使い方が奇妙だ。小説の世界の〈菜穂子〉は、あれは文章だから成り立つのだ。現実にいたら、さすがに独特すぎる。こういう女はすべからく男に染まらず自らの哲学でのみ生きていくことを好む。彼女が今いる場での個性的記号として、その言葉遣いは機能しているのかも知れない。

「火達磨《だるま》になりそうだからな」

今度は俺が彼女の顎に手を当てた。彼女は唾を吐きかけはしなかった。

「俺と一緒に死んでくれないか？」

彼女は一瞬目を大きく見開いた。さっきまでの細い目からは想像もできぬ三白眼が露《あらわ》となる。闇の奥の奥にある蜘蛛《くも》の糸さえも見通せそうな目だ。

場違いなほどにっこりと微笑《ほほえ》むと、「よろこんで。この世の名残、夜も名残。急ぎましょう？」と彼女は答えた。『曾根崎心中』の中に登場する台詞であり、『がらてあ心中』のなかで、〈菜穂子〉が引用する言葉でもある。

俺は、己《おの》が小説の世界に迷い込んでいるのだと諦めた。

これが——柳沼水奈都との出会いだった。

2

「上野へ行きませんか？」

スキップでもしかねない陽気さで女は尋ねた。

「上野か。なぜだ？」

「死ぬのにいい旅館、ありますよぉ」

俺は孤独ではなかったし、彼女もまた孤独なようには見受けられなかった。どちらも孤独に至るより、迷わず死に飛びつく者同士だった。

あるいは、豊岩稲荷神社の不思議な夜の力を借りたのかも知れない。やはりこれもまた縁結びの為《な》せる業なのか。

女は水奈都と名乗った。本名かどうかには興味がなかった。

溝渕が無理やり編集長から許可をとったらしい連載も辞退していたから、このまま死んだとて仕事のうえで困る者はいない。高校の理事会に出席できなくなるが、それで急に混乱が生じるとも思えない。何しろ、ただ出席しているだけなのだから。

女とひとまずの宿を求めてタクシーを走らせていると、電話が鳴った。道子からだった。

「今日は何時頃に戻って来られるの？」

「わからないな。先に寝てくれ」

溜息《ためいき》が返ってくる。

「鍵は持ってるの？」

道子が尋ねたとき、何を思ったか水奈都は俺の股間に手を当て、ゆっくりと細い指先を一本ずつ動かし始めた。その動きに合わせて、俺は少しずつ固くなっていく。

「らしいね」ややあって俺は道子に返事をした。そのタイムラグをすぐさま道子は疑ってかかった。

「一人じゃないわね？」

「俺の声はいつでも一人分だ」

水奈都の指使いが徐々に速くなる。挙げ句、そっとファスナーを下ろし、手をその中へ滑り込ませてくる。まるで生き物が穴倉へと逃げ込むように。彼女の手は下着をも選《え》り分け、実物に到達する。ひんやりとした手の感触。

「何年あなたと一緒にいると思っているの？」

道子の第六感は年々研ぎ澄まされていく。そのうち俺の未来まで言い当てられるようになるだろう。

「編集者と一緒にいる」

「溝渕さんならたったいま電話があったわ。あなたが逃げたって」

あの馬鹿め。水奈都の指は激しくなる。やがて、彼女はそっと顔を埋《うず》め始めた。今度は柔らかな唇が俺をすっぽりと包み込んだ。滑らかな舌が器用に形状をなぞり、上唇と下唇とが程よく締めつける。

「べつの編集者と一緒なのさ」

「じゃあ新しい仕事が入ったの？」

「そんなとこだ」

「そんなとこ？」

「いや、まさにそうだよ。企画がまとまりつつある。だから今夜は戻れないかも知れない」

「……おかしいわそんなの」

「なぜだ？」

「それならどうして電話の最初にそう言わないの？」

「ただ鍵は持ってるかと聞かれたから、答えたまでだ」

苦しい言い訳には違いないが、道子がしつこくは食い下がらないこともわかっている。昔から深追いはしない女だ。

「じゃあ約束して。ちゃんと生きて帰ってくること」

水奈都をどうにか引き離し、ファスナーを元に戻す。

「ばかばかしすぎてそんな約束できるか」

俺は電話を切ろうとするも、珍しく道子が食い下がる。

「いいから約束して。絶対に、生きて帰ってくるって」

「忙しいから切るぞ」

電話を切った。が、糸が切れた凧《たこ》みたいに落ち着かない。道子と結婚したのは三年前のこと。気がつくと、道子が式場の話を始めていた。式は執り行わないと俺が主張したせいで彼女の機嫌が悪くなり、仕方なく婚姻届だけはその日のうちに出すことになったのだ。

「あなたには恋人がいる。ですです？」と水奈都が興味津々の様子で尋ねる。つい今しがたした悪戯《いたずら》をなかったことにしているかに見えた。

「忘れたね」

事実、街のネオンを見つめていると俺の記憶は少しずつ薄らぎ始めた。このまましばらくネオンに見惚《みと》れていればそのまま消えてしまうのかも知れない。

微かにネオンが遠ざかった。

3

タクシーは上野公園の脇をゆっくりと通り過ぎてゆく。

上野のあたりというのはなぜこうも昔から明治の風情が抜けないのだろう。観光客が多すぎて変わる閑《ひま》がないのか。半ば都市が無意識に土地の記憶を残している。それは、最初の都市計画者の意図なのか、それとも個々の建物自体の意思なのか。

　東京藝大の前を過ぎて突き当たりを左折し、しばらく細道を進むと旅館〈月ノ屋〉が現れた。ここでタクシーを降りる。

　広大な敷地にどっしりと構えた和風建築の旅館は、水奈都曰《いわ》く創業百年を超える歴史を誇るらしい。外周に提灯の柔らかな光彩を灯して来訪者をもてなしている。

「これから死ぬにはうってつけの舞台、と思いません？」

「たしかに。だが、さてどうやって死ぬか。互いに刺すか？　首絞めはあれはあれでいろいろ汚れるらしい」

「私、筋弛緩剤ならたっぷり持ってますよ」

「なぜそんなものを？」

「もちろん、だいぶ前から死のうと思っていましたゆえ」

日常的に「ゆえ」などと言う女には初めて会った。

「ぴったりと身体《からだ》をくっつけておきましょうね？」

　彼女は何もかもよくわかっていた。死への温度が程よいのだ。死に憑かれておらず、しかしながらゆっくりと歩いていける。引き返すか引き返さないかの境までは足を進め、最後にゆっくり酒を飲み交わした後に気まぐれに果てることができる女。

　部屋は水奈都の名前ですでにとってあった。

「用意がいいな。まるで俺が誘うとわかっていたみたいだ」

「運命のつがいとは、そうしたもの。違うです？」

「あるいはな」

　女と話せば話すほど、現実感が薄らいでいく。そのうち、〈菜穂子〉と呼んでしまいそうだった。

　通されたのは、一階の奥にある〈玉兎の間〉。オートロック式のドアを開けて中に入り、靴を脱いで式台に上がり、襖《ふすま》を開ける。赤みを帯びた照明に彩られた小ぢんまりとしつつも上質な和の空間が広がっている。

　室内に入るやいなや水奈都は俺の身体にまとわりつき、唇に吸いついた。よその女を抱いたのは数カ月ぶりだった。ライチのように硬さと柔らかさのあわいを彷徨《さまよ》う唇はひんやりとして心地よく、服を脱がせるうちに彼女の身体全体の素晴らしさに気づく。シャツを脱がせると、痩身には見合わぬ豊かな果実が露になった。

「これは……」

「タトゥーのある女はいやです？」

水奈都の太腿《ふともも》にはピンクの花の刺青《いれずみ》があった。

そして——背中の肩甲骨あたりに一匹の黒い山羊《やぎ》の顔。

「自らの身体をカンバスにした芸術家だったわけか」

俺は彼女の太腿の花にそっと口づけをした。それからゆっくりと脚を開かせ、隠された蜜を舐《な》めてゆく。芸術を己の生き様の表現と定義するならば、あるいはタトゥーとは究極の芸術形式なのかも知れない。

すべてを終えた後、俺たちは闇のなかで身体を横たえた。まだシャワーさえ浴びていないことに気づいた。女の素顔を死ぬ前に見てみたかった。

女は煙草《たばこ》を取り出して一本吸った。あまり嗅いだことのない、ココナッツのような甘い香り。

「どうせ一緒に死ぬんだから何も聞かなくてもいいけど」と彼女は言った。「一応聞いてもいいです？　あなたの名前。私はさっき言いましたけど」

一瞬、仮の名を使うべきか考えた。が、これから死ぬというのに、名前を教えるのを惜しがるのもおかしな話だ。

「華影忍だ」

「華影……あの小説家の？」

まだ一作しか出しておらず、それも初版三千とかその程度の弱小作家をこの女が知っているとは思わなかった。

「知っているのか」

「もちろん。デビュー作は耽美《たんび》で、少しホラーっぽくもあり、面白かったです。けれどあれはもっと芸術性を高められた作品。あ、怒ります？」

「いや、的確な論評さ」

「あなたが華影忍だと知ってより深く納得できたわ。あなたには生きる指針が何もない。違うです？」

核心をつく言葉に、俺は水奈都の顔をまじまじと見つめた。

「そうだな、花を摘んで愛《め》でる以外には」

俺は水奈都の身体をふたたび抱いた。かたちには命が宿る。内容の充実は確実にそのかたちに生命《いのち》を与えるのだ。

「もう少し違った出会い方があればと思いません？　たとえば、作家先生の経理として私を雇うとか」

「経理として？」

「私、去年まで大銀行に勤めていましたのよ、こう見えても」

「ほう。なぜ辞めた？」

「辞めたです？　つぶれただけ、です」

「なるほど。だが、残念だな。売れない作家に経理は必要ない」

「とくに、死のうとしている作家には？」

「そういうことだ。それでは、最後の晩餐《ばんさん》といこうか」

俺はふたたび水奈都の唇に自らの唇を這《は》わせた。微かに声が漏れる。まるで、生と死のあわいにある彼女そのものの存在を質感で表現したような唇だった。

「覚悟はできたか？」

「死ぬのに覚悟なんか要ります？　生きるのと同じなのに」

「違いない」

俺たちは、シャワーを浴びるのも忘れてまた睦み合った。跪《ひざまず》いた女の背後に回り、身体を繋《つな》げるとき、俺は薄暗闇のなかに浮かび上がる山羊と見つめ合うことになった。

山羊と見つめ合いながら情交に耽《ふけ》るのは初めてで、そして何とも奇妙な体験だった。だが、確信した。この女は圧倒的な熱量をもっている。それまでの人生では得られなかった、完全一体となるための熱量のようなものを。それは、いかに山羊の監視を逃れえぬとはいえ、至高の体験には違いなかった。俺は身体の熱を高めるうちに、死へと足を踏み入れる覚悟を固めていった。

4

二時を過ぎてもなかなか眠れなかった。それまでに俺たちは三度交わっていた。不思議と水のように相性の良《い》い女で、このまま何度でも抱き合えそうな気がした。共に死に到達する瞬間まで。

「おまえは不思議な女だな」

「どこにでもいる女よ。彫物がなければ。ちがうです？」

「俺は逢《あ》ったことがない」

「それはあなたがありふれた女を抱いたことがないだけ。私はどこにでもいるあくびの出るようなつまらない女。あなたが嫌い。でもあなたと寝てみたい。生きたいのに死にたい。夜が嫌いだけれど、夜しか愛せない。こういうのが好みです？」

俺の頭をそっと撫でながら彼女は尋ねる。俺は答えず、ただ彼女の唇を求めた。何度でも奪いたくなる奇跡の触感だった。

「眠れないです？」

「そんなことはない」

眠れないのは事実だった。今日に限らず、ここ十年ずっとだ。

どういうわけか、俺は道子以外の女と夜を過ごすとうまく眠れないのだ。ふだんは道子の左側の乳房に片手を当てて眠る。掌《てのひら》に彼女の心臓の鼓動が伝わると、安眠剤でも飲んだみたいに心が穏やかになってゆくのだ。だから、たまに喧嘩《けんか》をすると、決まって言われてしまうのだ。

――不眠症にでも何にでもなればいいんだわ。

その台詞が出たら、謝罪する頃合いだ。でないと一緒に寝てもらえないし、寝てもらえないと俺はその晩、徹夜しなければならない。

「かわいそうな人。でも怖がるのやめません？　私たちみな柔らかな水のなかに還《かえ》るだけなんだもの」

彼女は俺に微笑みかけた。

「柔らかな水のなかに還る」

その言葉を聞いた瞬間に、なぜか俺はこの女と死へ向かうことを心底惜しいと思った。生か死か、この二つしかこの世に選択肢はないのだろうか？　まだ我々は何一つわかり合ってはいない。俺は彼女の肌をもう少しだけ味わっていたい衝動に駆られた。

水奈都は慣れた感じで従業員を呼び、赤葡萄酒《ぶどう》を求めた。ほどなく、赤葡萄酒が二つのワイングラスとともに用意される。彼女は開栓を自ら買って出ると、ワイングラスになみなみと注《つ》いだ。

「未練が出てきたんです？　置いてきた誰かのこととか？」

「いや、おまえのことさ」

道子はしょせんまともな女だ。俺の死を悲しみはしても、それによって人生を自暴自棄に過ごしたりはしない。彼女は必ずどこかで人生を立て直す。

だが――この女はどうだろう？

生きるところも死ぬところもまったく想像ができなかった。正気と狂気の境界線がそもそもないのだ。それゆえにこの女に強く惹《ひ》きつけられる。かつて、兄の恋人に惚れ、奪いとったときに似た感情だった。この歳でまた恋に落ちたか。死にゆく者への供物としてこれ以上のものはあるまい。もっとも愛すべき女を傍らに携えて俺は死んでいくのだ。

もう一度、女を抱こうとした。

が、その手を止めて水奈都がワイングラスに手を伸ばした。

「乾杯がまだです？」

「ああ、それもそうだな」

「口実は何にします？」

「もちろん人生最後の夜に。これからの永き眠りに」

「それと、この胸の内にすでに芽生えた花に」

『がらてあ心中』の一節だった。俺たちは杯を交わし、もはや何度目かわからぬ接吻《せっぷん》をした。これまで以上に濃密で、深く、柔らかな抱擁で、水のように溶け合いながら。

この時の俺は思いもしなかった。情交に疲れて、思いがけず深い眠りに襲われてしまうことになるとは。そして——目覚めたときに彼女だけがこの世から消えていようなどとは。

「いけません？　この胸の内にすでに芽生えた花ですのに？」

ならぬ。摘み取って捨てたまえ。

菜穂子には徳兵衛がそう云《い》っているように思える。

徳兵衛は白い顔を俯《うつむ》かせる。菜穂子はその表情さえも美しいと感じ、またその指先から足の先までまるごと己《おの》がものとしたいのであるが、徳兵衛も云う通り、斯様《かよう》なことが許される筈《はず》もない。

然《しか》し、学校の教科書には一言も書かれてはおらぬのに。

人形を愛してはならぬとは、一言も。

「駄目です？　人形を愛してはいけません？」

ならぬのだ。我が世と君が世は別の世。

思えば菜穂子は年端の行かぬ時分より黄昏時《たそがれどき》が好きであった。人と人でない者との境界が曖昧になる頃合に、道端で猫や犬と目が合うと、何か秘密の会話をかわしている気分になったものだ。

二年前、愛犬に死なれて打ちひしがれた思いでいたところを、友人に誘われて浄瑠璃『曾根崎心中』の観劇に出かけてゆき、其処《そこ》で徳兵衛を見つけた。一目で菜穂子は徳兵衛を見初めたのである。

一体何処《どこ》の誰が作ったのか、と調べていき、人形師の尾崎の存在を知ると、尾崎が銀座の倶楽部《クラブ》に出入りしていることを突き止め、今度は其処のホステスになって尾崎に近づいた。何としても、徳兵衛を間近で見たかったのだ。

人形師と云う仕事に関心をもった素振りで、根掘り葉掘り聞きたがる菜穂子を、尾崎は煙たがるどころか、むしろ好感を抱いている様子で、作業場の見学まで許した。そうして、気がつくと尾崎と夜を共にしていた。所帯を持ったのは、そのわずか二カ月後のことだった。

菜穂子は尾崎そのものに興味はないものの、尾崎の手は好きであった。美しいものを紡ぎだす魔法の手。その手が夜毎《よごと》、菜穂子の身体《からだ》を滑り、摘み、捩《ねじ》るとき、菜穂子は自分の身体のなかに徳兵衛が流れ込むのを感じる。自分は夫を通して徳兵衛と交わっている、と菜穂子はそのたびに感じるのだった。

そんな菜穂子の内なる官能が如何様《いかよう》にして知れたものか、ある時から、菜穂子は徳兵衛に見られているのを感じるようになった。思い過ごしではない。作業場の暗闇から、侵入してきた菜穂子をまっすぐに見つめる徳兵衛の瞳には、たしかに菜穂子の胸の内を知る男の其《そ》れを感じることができたのである。

そして今宵《こよい》、ついに愛を告げたと云うのに徳兵衛は其れを頑なに拒む。ならぬ、ならぬならぬならぬならぬならぬ、と。ならぬをするが恋ではないか。

「ではどうすれば良《い》いのです？」

徳兵衛は菜穂子に背を向けたまま黙っていた。菜穂子は徳兵衛の意思を確かめるため、徳兵衛に手を添え、その真っ白な手を考えるふうに口元に持っていってやった。

同じ世界へ向かうしかないのだ。

徳兵衛が云う。声は菜穂子の内側からやってくるようであるが、そんな言葉が放たれることは予想外でもあった。だから菜穂子はこれは徳兵衛の言葉だ、と強く思うのだった。

「――心中します？」

然し、巷《ちまた》にあふれし心中の如《ごと》く容易ではありますまい。

「巷にあふれている心中は、簡単です？」

菜穂子殿、お尋ねする。我が死と貴女《あなた》の死は同じ世界へ向かっているのであろうか？

菜穂子は虚を衝《つ》かれた。考えもしなかったのだ。菜穂子と、徳兵衛の世界が異なるとして、その死はどうであるのか。唇が震えた。震えながら、その唇をそっと徳兵衛の冷たい唇に重ねた。

「一つだけ手、ありますよ。うふふふ」

徳兵衛は菜穂子の含み笑いに、戸惑《とまど》いつつも、微《かす》かに期待しているように見えた。菜穂子は、嬉《うれ》しくなってまた唇をつけた。白い徳兵衛の顔に、菜穂子の紅がうつった。

『がらてあ心中』抜粋

第二章　心中探偵

1

「本当に、彼女は死んだのか？」

俺は刑事の磯山が帰った後、誰にともなくそう呟《つぶや》いた。あるいはこう呟くべきだったのか。本当に俺は死ねなかったのか、と。

まだ頭がくらくらする。呂律もいくらか怪しかった。

道子はむっつりと黙ったまま、隣でリンゴなんぞをむいている。勝手に死のうとしたことを怒っているのだろう。それも、自分以外の女と。そして、その女は死に至った。

磯山は薬の入手のルートもすでに判明しており、すべて水奈都が事前に用意していた、と告げた。

――周到な自殺か。

――そういうふうに見えますね。今のところは。

――今のところ？

――あらゆる可能性を検討しているところです。彼女以外の人間が薬を入手させた、とかね。

磯山は意味ありげに俺の顔を見て頷《うなず》く。

――馬鹿な……。

磯山は楽しそうに笑い、「あらゆる可能性を調べ尽くすのが刑事という職業でしてね。気を悪くしないでくださいね」と付け足した。

磯山はその後も俺に根掘り葉掘り質問をぶつけてきた。大半は俺が答えようもないようなものばかりだった。出会いのエピソードについても、なぜ彼女がそんなところに一人でいたんでしょうね、と最後まで納得がいかないようだったが、そんなことは俺に答えられることではない。

――また来ます。どうも不自然なところの多い事件でして、華影先生にもご苦労かけますが、もう少しお付き合いください。

――言えることはすべて話した。

――まあそう仰《おつしや》らずに。

相変わらず表情のない目を向けながら、磯山はなおも笑った。俺は胸のむかつきを抑えながら尋ねた。

——彼女の死体は今どこに？　司法解剖に出されてるのか？

——司法解剖？　死因ははっきりしています。死体自体に不自然なところはありませんでしたしね。ですからすでに遺族のもとに引き取られていますよ。今夜が仮通夜、明日が本通夜、明後日《あさって》が葬儀になるでしょう。いずれもご自宅のお屋敷で行なわれるそうです。

——今夜、仮通夜に顔を出したい。

——ご冗談を。状況を考えてください。遺族があなたを受け入れないでしょう。あなたのことを真剣に心配していらっしゃる方に対しても失礼ですよ？

磯山の言うことにも一理はあった。だが、この男の本音はどこにあるのだろう？　本当に行ってほしくないのなら、通夜から葬儀までの日程を言ったりするだろうか？

抜け目のなさそうな刑事だ。きっと俺が犯人だと疑っていて、勝手に動いてボロを出すのを待っているのだろう。

——まあ、これに懲りて安易に死のうなんて思わんことです。

そんなことを言い残して、磯山は出て行った。

すぐにでも水奈都の死体を確かめたい。が、道子の手前そうすることは憚られた。この女はちょっとした言動から俺がよその女にどれくらい気持ちがあるのかを見抜いてしまう。探偵なんかよりよほど恐ろしいのだ。本質直感とでも言うのか。昔から妙に勘の鋭いところがある。

数時間後、溝渕が現れた。

溝渕は眼鏡をくいと押し上げながら眉間に皺をよせて俺を睨《にら》みつけた。

「先生は、本当に馬鹿です」

「惜しかったな。死んだらおまえに道子をくれてやったのに」

「な……何を言っているんですか！」

頬が一気に紅に染まる。この男がひそかに道子に惚れているらしいことには最近気づいた。もっともこの奥手ぶりでは百年かかっても道子の手にすら触れられないだろうが。

「道子、溝渕はいい男だと思わないか？」

「素敵な方です」

静かに道子は返す。

「道子もこう言っている」

「や、やめてください！　僕をからかって何が楽しいんですか！　僕は怒っているんですよ！　先生はこれから文壇のメインストリートへ駆け上がっていくところだというのに。僕に断りもなく死を選ぼうとするなんて！　それも、第二作が刊行される前夜にですよ？」

「さっきネットでチェックしたら、売れてたぞ」

俺はスマホの通販サイトの順位の画面を見せた。

「そりゃ売れるでしょうよ！　発売初日に、作家の心中未遂ニュースが流れたんですから！　一部マスコミから売名行為なんじゃないのかなんて勘違い電話まで殺到していてホント対応に困ってるんですからね。お願いですから、まじめに生きてください！」

「まじめに生きられなくてすまんな。死んで詫《わ》びたい」

「減らず口はもうたくさんです。こうなったら僕は毎日華影先生のもとに通いますからね！」

「毎日道子に会えるな」

「ち、違うって言ってるじゃないですか！　先生は何もわかっていない。僕がどれほど先生の文章に惚れこんでいるのか……！」

「道子の乳房、見たいか？」

「先生！」

道子まで頬を赤くする。俺はけらけらと笑いながら、ふたたび身体を横たえた。まだ長時間身体を起こしていると怠《だる》くなるようだ。よほど睡眠薬を大量に飲まされたのだろう。タイミングは赤葡萄酒を自分で開けると言ったときか。あそこで俺が葡萄酒を注ぐ役を買って出ていれば、今頃は二人で死ねていたのかも知れない。

「谷崎は佐藤春夫《さとうはるお》と嫁を交換したぞ？」

「僕は文豪じゃないですから」

あくびが出た。からかうのに飽きた。溝渕が道子に触れる気があるかないかなどどっちだっていいことだ。まだ生きていること自体に現実感が湧いてこない。睡眠薬が残っているせいもあるのだろうが、どうにもふわふわしている。

昨夜のことを思った。三度目の情交に耽ったところまでは記憶していた。その後、葡萄酒で乾杯し、それからしばらく戯れているうちに頭が朦朧《もうろう》としてきた。

あの女はあらかじめ一人で死ぬつもりだったということか？　たぶんそうなのだろう。筋弛緩剤なんて死ぬ心の準備ができている者しか持ち合わせているはずがない。

磯山の聞き込みを思い出す。

――それで、その神社の前で会ったというのはいつの話です？

――昨夜だ。

――昨夜会って昨夜心中を？　出会ったばかりの相手と心中をしようなんてふざけた人間がいると思いますか？

磯山は俺と水奈都のあいだに起こったあらゆる偶然をいちいち疑ってかかっているようだった。

——ここにいたのさ。誰も知らない世界へ行くには、見ず知らずの女のほうがいい。それにあの神社は俺にとってちょっと特別な神社だった。だからまあ、運命を感じたわけさ。

——すると、彼女と出会ったのは偶発的だったわけですな？

——そうなるね。

——心中の誘いはどちらから？

——忘れた。どちらからともなく、意気投合ってやつさ。

覚えていたが、それを答えることは、ある意味で危険だった。死のうとけしかけたことを殺意と歪《ゆが》められでもしたら手遅れになる。慎重にはぐらかすことにした。

だが、磯山はすぐに嗅覚を働かせてきた。

——何を隠していらっしゃるにせよ、いずれすべて話していただくことになりますよ。ええ、きっとそうなります。

磯山はテレビをつけた。ちょうど小説家の心中未遂を報じている最中だった。柳沼水奈都の名前が出ている。

——もう一度だけ聞きます。あなたは本当に昨夜初めてこの女性と会ったのですね？

磯山は懐から写真を取り出して、俺に見せた。水奈都の顔写真を見せる狙いは、俺を動揺させることにあったのだろう。だが、俺の動揺は彼の狙いとはまた違ったものであったかも知れない。

俺はその写真を見て、我が目を疑ったのだ。

——どうしました？

——……いや、何も。とにかく、本当だ。俺たちは昨夜初めて会って意気投合したんだ。

磯山は俺の言葉に溜息をつき、かぶりを振った。

——また何か話したくなったら、ご連絡ください。

磯山はそう言い残して病室から去った。ドアが閉まるのを待ってから、俺は頭を抱えた。

あの写真の女が、柳沼水奈都？

たしかに、写っていた女は顔の印象はぼんやりとだが、昨夜一緒にいた女とよく似ているように思われた。観音像のようにシンメトリカルで、細くて切れ長な目をしている。

しかし、何かが決定的に違う。

何かが——。

おまえは——誰だ？

磯山が呈示した写真に写っていたのは、俺のまったく知らない女だった。

2

「別人？　それは確かなの？」

道子は首を傾《かし》げた。溝渕が花瓶の水を交換に出た隙に、俺は柳沼水奈都別人説を切り出した。まだなるべく内密にしておきたいことだった。刑事にも言わなかったのだから。

「おかしな人ね。別人だと主張してもあなたの浮気した事実が消えるわけじゃないのに」

「どうして俺が浮気の事実を揉《も》み消さなけりゃならないんだ？」

浮気に対する罪悪感は皆無だ。それをいたずらに否定する意味はない。そんなことは道子だってわかっているだろうに。

道子は真意をたしかめるように俺の目を覗《のぞ》きこんだ。彼女の瞳は美しい。こちらを毛嫌いしつつも、どこかではまだ心惹かれているらしい。この女の絶妙なバランスが、結局俺を今日まで生きながらえさせてしまったのだ。

俺はそっと道子の頬に手をかけた。彼女はすぐに俺の手を振り払い、顔を背けた。まだ俺を許したくはないらしい。

「でもそんなのおかしいわ。あの女性はあなたと同じ部屋に……」

「それは刑事からも聞いた。だが、事実あんな女とは寝ていない。俺が寝たのはべつの女だ。たしかに厚化粧だったし、メイクを取ったところまでは見ていないが、それでも顔の構成というものがある」

俺はさっき磯山が見せてくれた写真に、頭のなかで細いペンでアイシャドーや付け睫毛《まつげ》、口紅の濃さを足していく。果たして頭のなかで出来上がった顔は俺が一夜を共にしたあの柳沼水奈都とは似ているものの、決定的に異なる顔と言わざるを得なかった。

「やはり別人だな」

似ているのに、違うと感じる。その根拠がどこにあるのか、自分でもまだわかっていない。ただ、たしかに別人だと感じるのだ。

「酔っていたのよ」

「それほど酔ってはいなかった」

「じゃあどうして別人だと刑事に言わなかったの？　今からでも言ったら？」

やや突き放すように道子は言う。

「言ってどうなる？　そもそも奴は俺を疑っている節がある。女が別人だなどと言い出したら余計に怪しまれるだけだ」

「そうかしら？　だってそれが事実なら仕方ないわ」

「それに、俺がどの女と寝ようが、死んだ女が変わるわけじゃない。死んだ女は柳沼水奈都であり、俺が抱いた柳沼水奈都ではない。ただそれだけのことじゃないか。それで何が困る？」

「殺人事件だったら？」

道子はどうやら、水奈都を殺した女が水奈都を装って俺と寝たと考えているようだ。

「……だとしても、俺が今から警察に知らせれば、奴らは俺が犯人だとバレそうになって焦って別人説を主張しだしたと勘繰るだけだろう。さもなくば、酔っぱらっていたと思われて終わりだ」

「かもね。私もまだその可能性を捨てられないくらいだから。それでも、あなたが感じていることが事実なら、警察に言うべきよ」

俺はまっすぐに道子を見た。

「痩せたな？」

「変わっていないわ。一年前から」

一年前から――。彼女と顔を合わせた回数を考える。週に三日は家を空けていたし、たまに家に戻っても気づまりでろくに顔を見なかった。ただ眠るときに、ベッドの空いているところに入り込み、彼女の左の乳房に掌をあてがうだけだ。こんなふうにしげしげと道子の顔を見るのは久しぶりのことだった。

「人妻にしておくには惜しい」

そのまま抱き寄せようとすると、道子は俺の頬を叩《たた》いた。

「いい加減にして！」

道子は部屋から出て行った。

「あれ、道子さん？」

溝渕が花瓶をもって戻ってきた。彼は道子が去った方向を未練がましく見守りながらゆっくりと俺のベッドの脇に腰を下ろした。

「また怒らせたんですか？」

「ちょっと振られただけさ」

「自業自得ですよ、たぶん」

「慰めに追いかけてやったらどうだ？」

「だ、だから僕に道子さんをあてがうのはやめてください！」

溝渕は顔を真っ赤にして怒る。

「それはそうと溝渕、おまえに頼みがある」

「何ですか？」

「病院の外にはまだマスコミが？」

「ええ、少しですけど、待機しているみたいですね。何しろ作家の心中未遂なんて久々ですから。えっと、頼みって何です？」

「ちょっとこっちへ来てくれ」

溝渕は無防備に俺のほうへ向かってやってきた。俺はそのネクタイをぐいと摑んで引き寄せるとそのままベッドにうつぶせに押し倒した。

「な、なにやってるんですか、華影先生……！」

「服を脱げ」

「え？」

「あと眼鏡も」

「ちょっと……？」

「しばらくおまえが華影忍だ」

「そんな……ちょっ……」

俺は有無を言わさずに溝渕のシャツのボタンを外し始めた。

溝渕の服のサイズはちょうどよかった。眼鏡の度が少々きつくて歩くのに苦労するが、それはまあ問題にはなるまい。

3

無事に病院を出る。エントランスの外では磯山がどこかに電話をかけながら煙草を吸っていたが、こちらに気づいた様子はなかった。

俺は車寄せコーナーで屯《たむろ》しているタクシーに乗り込むと、さてどこへ向かうべきかと考えながら、溝渕の財布の中身を確かめた。それほど現金は入っていなかった。これでよく作家の接待ができるものだ。カード払いなのか、などと要らぬことが気になった。

仕方なく実家に寄ることにして、タクシーに住所を告げた。もちろん金を都合するためだ。何をするにせよ、金は持っていたほうがいい。

タクシーが動き出す間際、念のため振り返った。何者かがエントランスの支柱の陰に隠れたような気がした。磯山かと思ったが、彼はまだ電話で話している。気のせいだろうか？

だが、すぐに尾行の心配はやめた。ちょっと身体を動かしただけなのに、軽く眩暈《めまい》がしてきたからだ。薬が残っているのか。まだ動いていい身体ではないらしい。せめて余計なことは考えまい。窓にもたれかかって楽な姿勢をとろうとするも、シャツやスーツの感触が普段と違うせいか何やら落ち着かない。だが、しばらくの間はこのままの格好で行動しなければならない。昨日まではどこで死のうとも誰にも気づかれないような小説家だったが、心中未遂を起こしたせいで今後はそうもいかなくなる。

まずは、柳沼水奈都が何者なのか、その死の手前から探っていく必要がある。写真の女は、俺が抱いた女ではなかった。記憶の変容などではない。写真の女は細い切れ長の目で確かによく似ていた。

だが、何かが――。

そう考えて、脳裏に浮かんだのは、昨晩目を大きく見開いたときの彼女の目のことだった。

「そうか……」

黒目だ。磯山に見せられた写真の女は、黒目の割合が大きかった。あの瞳では、いくら目を大きく見開いたところで三白眼にはなるまい。

俺が一夜をともにした女は、メイクで水奈都に似せたまがい物だったのだ。問題は、何のために〈柳沼水奈都〉を名乗ったのか、だ。

まさか、はじめから柳沼水奈都の死を計算に入れて、神社の前で待ち伏せて俺に口説かれたのか？　だが、あの日バーから出て俺が彼女に声をかけたのはただの偶然に過ぎない。

ただの偶然に……ふと思考の転換を図る。その偶然が必然だったとしたら？　考えろ。どんなことでもいい。俺が接した偽の〈柳沼水奈都〉について、存在を特定できるような情報はなかったか。

思い出したのは、昨夜の会話だった。

——私、去年まで大銀行に勤めていましたのよ、こう見えても。

——ほう。なぜ辞めた？

——辞めたです？　つぶれただけ、です。

去年つぶれた大銀行といえば、東祥《とうしょう》銀行が真っ先に浮かぶ。ほかにあるだろうか？　調べてみる価値はあるだろう。

俺は大手のイマイ銀行に勤めている紀里《きり》という女に電話をかけた。彼女は俺の口座開設担当者だった。口座を開設するまでのわずかな間に俺は彼女の連絡先と夜の約束を取り付け、関係をもった。二年ほど前のことだ。

久しぶりに電話をかけると、彼女はくぐもった声で出た。明らかに仕事中で、会話を周囲に聞かれるのを避けている様子だ。

「いまさら私に何の用？　心中作家さん」

もうニュースを知っているようだ。紀里とは数回の密会で関係は終わっている。最後にホテルで待ち合わせる約束をしておきながら、べつの予定が入ったために行かず、以来、連絡をしていない。

「相変わらずきれいな声だ」

「やめて……」

「惚れ直した」

「な、何なのよ！」

声に動揺が走る。悪くない手ごたえだ。

「謝ろうと思ってね」

「もう遅いわ」

「遅かったら電話に出ないさ」

「卑怯者《ひきょう》……」

その言い方に情が滲《にじ》み出ている。彼女の未練を確認できたところで、本題を切り出す。

「調べてほしいことがあるんだ。というか、銀行員の君ならふつうに情報として知っていると思うんだが、去年つぶれた大手銀行をすべて教えてほしいんだ」

「大手？　つまり、地銀とか信金じゃなくて、都銀ってことね？」

「そうだ」

「それなら一行しかなかったと思うわ。東祥銀行よ」

「やはり——。東祥銀行に詳しい知り合いはいないか?」

「……うちに転職してきた人が一人いるけど、どうして?」

「その人に会って話がしたい。できれば今日中に」

「……そのために連絡をとってきたのね」

「でもこの用事のおかげで君への愛を思い出すことができた」

「よく言うわ」

嘘《うそ》が見抜かれるかどうかはあまり問題ではない。女はときに嘘とわかっていながらも、蜜にすり寄る。紀里はそのタイプだ。

夜の七時に池袋《いけぶくろ》で逢う約束を取り付けて電話を切った後、俺はなぜこんなにも必死であの女の正体を追い求めているのだろう、と思った。

昨日死ぬはずだった。そのための一夜の伴侶に過ぎなかった女だ。俺は生きており、恐らく偽の〈柳沼水奈都〉もどこかで生きているのだろう。たぶんふたたび逢うことはない。それでいいではないか。なのになぜこうも深追いする?

昨夜の抱擁を思い出す。強引さも、そのあとに反動でやってくる相手へのいたわりも、そのバイオリズム自体が非常に心地よい女だった。

そして、あの刺青。

頭のなかにこびりついて離れない。

また〈運命の女〉に取り憑かれたか。高校の頃と何も変わっていない。俺は相変わらず、死の淵ですら〈運命の女〉に取り憑かれ、命をすり減らしながら、生の側へと押し戻される。何と虚しい繰り返しだろう。

振り返る。すぐ後ろを走る青のマーチは今しがた角を曲がって合流してきた車だが、その背後にいる白のソアラは病院からずっと一緒だった。ソアラはその後も間隔を空けつつぴたりとタクシーの後を尾けているようだった。

だが、実家の近くの住宅街に入ると、ソアラは曲がらずに行ってしまった。偶然ここまでのコースが一緒だったのだろうか？　訝《いぶか》りつつ、華影邸に着く。タクシーを降りて実家の門を開けると、父が俺を迎え入れた。

「何だ、その眼鏡は？」

溝渕のコスチュームがお気に召さぬらしく、眉間にしわを寄せている。

「編集者のを借りてるのさ」

「ずいぶん安っぽいスーツだ」

不機嫌の理由はそれか。

「これも編集者のだ」

「いつから男性趣味に変わった？」

「いろいろ事情があるのさ」

父はフンと鼻を鳴らしつつ、最近新しく雇ったメイドに珈琲《コーヒー》の用意をさせ、俺を食卓に座らせた。

「かわいいね。どこかで会ったかな？」

メイドは頬を赤らめながら、「いえ」と小さく否定した。

「君の顔を見ていると、まるで自分の家にいるみたいに落ち着く」

「当たり前だ、ここはおまえの家だからな」

父がすぐにちゃちゃを入れる。

「俺と死んでみないか？」

メイドはお盆を抱えて口元を隠す。すぐに父の方を見てから黙礼し、足早に立ち去ってしまった。

「親父のお手付きか」

「馬鹿を言え。私にそんな元気があるものか」

面積の広すぎる長テーブルで、今では父が一人で食事をとっているのだと思うと、何とも言えぬ気持ちになる。

　母も兄も死に、俺はこの家から出ている。たまに理事会で顔を合わせてはいたが、改めて見ると父もずいぶん老け込んだものだ。

「テレビで見たぞ。たいへんなことになっているみたいだな」

　なるほど、本当の不機嫌の理由はこっちだったか。悪事千里を走るとはこのこと。情報化社会にも困ったものだ。

「百万ほど都合してくれ」

「なぜだ？」

「俺をハメた女を探しだす」

　説明は省いた。父も深く追及する気はないようだった。

「復讐《ふくしゅう》でもする気か？」

「ただ事態をはっきりさせたいだけさ」

「なら探偵を雇え。おまえはうちの次期理事長なんだぞ」

「形ばかりのね。だが、これぱっかりは人には頼れない。自分で落とし前をつけたいんだ」

　父は深い溜息をつくと、引き出しから札束を取り出して投げて寄越した。

「二百万ある。気が済んだら帰ってくるんだ」

結局、親父は俺に甘い。兄が自殺してからはとくに。母にもとうの昔に先立たれている以上、彼にはもう俺しかいないのだ。

「恩に着るぜ、親父」

俺は札束を編集者のゲラの詰まった鞄《かばん》に突っ込んで部屋から出た。

それから、紀里に会うまでのわずかな時間にカフェに入り、溝渕の鞄にあった他人のゲラを読んで過ごした。自分以外の作家の原稿を読める機会などそうそうありはしない。だが、読み始めてすぐ後悔した。どれも駄文にしか見えなかったからだ。こんなものと一日中にらめっこしているのか、溝渕は。文章が好きだとか、そんなレヴェルではこの仕事は務まるまい。それこそ執念がなければ、持続できない。

が、中に一つだけ美しい文章があった。それはエッセイだった。何者だろうと思っていると、最後に署名があった。懐かしい人物の名がそこにあった。今は美学教授として活躍する、かつての後輩の名が。

4

「柳沼水奈都、ですか——そんな子はいませんでしたね」

松沢《まつざわ》という女性は眼鏡をはずしながらホットココアを飲んだ。あまり化粧っ気がなく素朴な顔立ちだが、品性が宿っている。カップを持つ指先もほっそりしていて、持ち方には重力を感じさせない。

彼女は以前、東祥銀行の川越《かわごえ》支店で副支店長を務めていたらしい。西武《せいぶ》百貨店のレストラン街にある喫茶店を選んだのは、なるべく人の多いところのほうが目立たないと踏んだからだった。

「正規行員とは限らない。契約や派遣かも知れない」

すると彼女はベテラン銀行員らしい無駄のない動作で名簿を取り出した。

「さっき自宅に取りに戻った倒産当時の行員名簿です。ここには準職員や派遣スタッフ、清掃員に至るまで、すべて掲載されています。これを見れば一目瞭然ですが、柳沼水奈都という名前の女性はいません」

そこまで言ってから女性は言葉を詰まらせた。俺の正体に感づいたようだった。溝渕への変装も、この至近距離ではあまり意味がないようだ。

「もしかしてあなたは……」

「よく華影忍に似ていると間違われます。でも、僕は彼の担当編集者のほうです。華影忍はもっと鼻持ちならない奴ですよ」

「ええ本当に」と隣から紀里が言うので軽く足を蹴っておく。

松沢は半信半疑といった感じで何度か頷いた。

「この名簿、預かっても構いませんか？」

「悪用はなさらないでくださいね」

「もちろん。あなたの連絡先が載っているなら、うっかり電話をかけてしまうかも知れないけど」

松沢はその言葉に微かにはにかみ、「一応載ってますけど……」と長い髪を指でいじりだした。

それでも自制心を働かせた松沢は、几帳面にもう一度内容を確かめ、俺の名刺を要求した。俺は溝渕の財布から名刺を取り出して渡した。

松沢が去るとすぐ、紀里は切り出した。

「馬鹿なことをしたものね。いつかやるとは思ってたけど！」

心中未遂の一件を怒っているらしい。

「俺が馬鹿なことをしたとしたら、死のうとする手前で眠らされたことくらいさ。予定ではもう少し後に二人一緒に死ぬはずだった。それも、死んだのとはべつの女との予定だ。死んだ女が何者なのか俺は知らない。それを調べているのさ」

紀里はどこまで信じていいのかわからないといった顔をしていた。俺も紀里から本当の信頼を勝ち取りたいわけではなかった。

「あなたから電話があってから、調べてみたの」

「何を？」

「死んだ女性のこと。柳沼水奈都は、うちに預金していたわ。それも、かなりの額よ」

「現在もその預金はそのままなのか？」

「いいえ。亡くなった夜にATMで数回に分けてほぼ全額下ろされている」

「下ろされている？　……住所はわかるか？」

彼女は静かに紙を俺の手に握らせた。

「いい？　親切にしたからって未練があるだなんて誤解しな……」

言いかけた彼女の唇を自分の唇でそっとふさいだ。簡単なもので、彼女は結局遠慮がちに俺の背中に手を回した。

唇を離してから、言った。

「いつも困ったときに君に助けられるな。おかげで俺は生きていられる」

「迷惑だわ……」

紀里は完全に俺を受け入れていた。が、それ以上彼女といる理由は俺のほうにはすでになかった。

「また連絡する」

「またのご来店を、と言うべき？」

俺は彼女の頬をそっと撫でてから立ち上がり、レジで会計を済ませて、そのまま店の外へ出た。彼女は追ってはこなかった。

紀里のくれた紙には、几帳面な字で柳沼水奈都の住所が記されていた。田園調布《でんえんちょうふ》。池袋からなら地下鉄と東急東横線で三十分足らず。まだ七時半、磯山が仮通夜は今夜だと言っていたから、急げば間に合うだろう。

溝渕から電話がかかってきたのは、駅構内を歩いているときのことだった。

「あの、僕はいつまでここにいれば……」

慣れない病室では狼狽《うろた》えるのも仕方のないことだ。そのうえ、奴の仕事道具は俺が持っている。

「今夜じゅうには戻る」

「僕、ここに泊まるんですか？」

「なに、夜には添い寝でもなんでもしてやる。待ってろ」

「いやそういうことじゃなくて……！」

俺は電話を切った。それから度のキツい溝渕の眼鏡をかけ、眼鏡以外の溝渕の荷物をコインロッカーに預けてから、地下鉄に向かって歩き始めた。

5

髪を横分けにしておいたのは、眼鏡一つでは変装として心許《こころもと》なかったからだ。病院を抜けるときは遠目だからどうにかなったが、通夜の会場となれば至近距離で見られることになる。この横分けが存外人の目を欺くのに役立つことは、道中ですでに実証されていた。少なくとも、柳沼邸までは誰にも怪しまれずに着くことができた。

柳沼邸は、駅から歩いて十分の場所にあった。昔ながらの武家屋敷風の門構えをした敷地に巨大な擬洋建築物。たしか写真でしか見たことのない鹿鳴館《ろくめいかん》がこんな雰囲気だった。庭園の中央には守り神のように大きな松の木が君臨し、こちらを見下ろしていた。

柳沼家仮通夜式場の看板のある門をくぐった。右手に〈仮通夜式場〉と案内の札をもった男が立っていた。黒いスーツにナイトサングラスという出《い》で立ちで、ギリシア彫刻のように高い鼻が印象深い。その身なりと引き締まった体つき、姿勢の良さから、ボディガードだろうと見当をつける。しばらく進むと、建物の前に受付の長机が出ていた。そこに、やはり黒いスーツにナイトサングラスをつけた、さっきとはまたべつの人物が立っていて、こちらに深々と頭を下げた。さっぱりとしたうりざね顔が印象に残る。やはりボディガードなのだろう。

「恐れ入りますが、ご芳名をこちらに記していただけますか？」

俺にそっと微笑む。少し迷ってから溝渕の名を記した。

「会社名もお願いできますか？」

またべつの声が言った。思わず顔を上げる。冬の朝に降り立った初霜のようにその場の空気を変えられそうな女が、いつの間にかそこに立っていた。

薄化粧に、赤い紅を引いているだけなのに、妙に惹きつけられる。均整のとれた顔立ちのなかで、冒瀆《ぼうとく》的な目の感じが際立ち、理性と知性とで作られた檻の向こう側に、危険な香りが微かに漂っていた。拒絶を示しながら、官能的な情事に耽るタイプだと瞬時に見抜く。

「もちろん。住所も書くのか？」

「お願いします。後日、香典返しをお送りする都合がございますので」

俺はその瞬間に彼女の手元に視線を向けた。薬指に指輪が光っている。細かなダイヤモンドが溢《あふ》れんばかりにあしらわれている。婚約指輪だろう。結婚指輪をしていないということは彼女は結婚前。恐らく、この柳沼邸の人間の婚約者なのだろう。

「君が送ってくれるのかな？」

「ここには、従業員がたくさんおりますわ」

彼女はそう言って微笑んだ。

「それは残念だ。君から贈り物をもらえるなら住所だけじゃなくメールアドレスと今週のスケジュールも書くのに」

「残念ですね」

俺は彼女の顔を見つめた。彼女もその視線に応えてしっかり見つめ返した。ぜんぶで五秒。

「どうぞ中へ」

彼女の言葉に軽く頷き、香典を渡してから中に入った。気になる女だ。帰りにでも名前を聞き出すとしよう。

すでに会場は弔問客で溢れかえっていた。本通夜ではないから黒衣の者は少ないが、それでも皆色調を抑えた準喪服に身を包んでいる。俺は列の最後尾についた。すでに報道陣の姿もあったが、まだ誰もこちらの正体に気づいた様子はなかった。

それとなく周囲を見回した。老若男女さまざまな者がその場にいたが、共通して言えるのは、ハンカチで顔を隠している者も含め、誰も泣いてなどいないということだった。

これが若い女の通夜だろうか？　目を疑った。

いったいなぜ――。

「いつかこういう問題を起こすと思っていたよ」

前にいる男性が、隣の女性にそう囁《ささや》く声が聞こえた。囁かれたほうは、気まずそうに周囲を見回してからちょっと小ばかにしたような笑みを浮かべた。いずれも若い。親戚か何かだろうか。

「ちょっと失礼」

俺は思い切って二人に話しかけた。

「……何ですか?」

「彼女はそんなに面倒を起こしそうな女性だったんですか?」

二人は顔を見合わせた。言っていいものか迷っているらしい。男のほうが何事か口を開きかけた。が、その直前で邪魔が入る。

「ようこそ、華影忍先生」

背後から、わざとらしく大きな声が響く。

一気に周辺が騒がしくなる。

現れたのは――髪を後ろで一つに束ねた背の高い男だった。

「妹を死に至らしめておきながら、よくも通夜に顔が出せましたね」

「妹？　すると、あんたは……」

「柳沼家の当主の柳沼水智雄です。我々としては、あなたのような人間にご参列いただくわけにはいきません」

　厄介なことになった。

　出直すべきか？

　いっせいにシャッターが切られる。どうやら、明日のワイドショーのネタを提供してしまったようだ。仕方なく、俺は眼鏡をはずし、髪をさっと元に戻した。変装をしている姿を撮られるより、堂々と焼香に来たとスクープされたほうがマシだろう。

「俺はただ真実を知りたかっただけさ」

「真実はあなたがいちばん知っているでしょう。むしろ我々に教えてほしいくらいですよ、この人殺し」

　挑むような調子で柳沼水智雄は言った。いつも表に立って発言している者特有の、芝居がかった言い草だった。ここでことを荒立てても俺には何の得もないが、だからと言ってこのまま引き下がるわけにはいかなかった。

「俺が一緒に死のうとしたのは、あんたの妹じゃない」

「言っている意味がわからない。お引き取りを」

有無を言わさぬ口ぶりに思わず冷笑を浮かべると、柳沼水智雄のなかに戸惑いが生じたようだった。俺はその隙を逃さなかった。

「今日は引き下がろう。俺がここにいるのは、あんたたちにとって不都合なようだ」

目の下の皮膚がピクリと動く。ふたたび動揺が走ったのがわかった。

俺は黙礼して通夜式場から立ち去る瞬間、射るような視線を感じてちらりとそちらに顔を向けた。カメラマンの群れに交じって、磯山刑事が俺を凝視していた。口元の不敵な笑みに応えて俺は笑い返してから走り出した。カメラマンたちが一斉に俺を追いかけだしたが、磯山は我関せずと出口に向かったようだった。

会場を出ると、俺は受付にいる例の女に囁いた。

「匿《かくま》ってくれ。頼む」

女は俺と一度だけ目を合わせると、背後からやってくる足音で事態を把握したようで早口で告げた。

「……松の木の裏に納屋があります。走ってその中へ。納屋には表の扉と裏の扉がありますから裏から出てください」

「礼をしなくちゃな」

彼女に目配せをしてから、闇の中を駆けだした。

6

考えてみれば久々の全力疾走だった。高校の時でさえ、ここまで真剣に走ったことがあったかどうか怪しい。息切れがひどい。日頃、机の前からほとんど動かない不摂生がこういうときに呪われる。

速度はそれほど悲観したものでもなかった。松の木に向かった時点で、カメラマンたちはまだ遥か後方にいた。俺は松の木の裏にまわり、足音を忍ばせて納屋に入り込んだ。中は真っ暗だった。スマホを取り出して周囲を照らし、彼女の言っていた裏側の扉を見つけると、少し時間を置いてからふたたび外に出た。石畳の細い道を、俺は前かがみの姿勢で足音を忍ばせて駆ける。その先に聳《そび》えているのは、荘厳な擬洋建築の柳沼邸だ。

「こっちへ」

声がした。先回りしたらしく、さっきの女が柳沼邸の一階にある、頭の高さほどの高床式テラスの手すりから俺を手招きしていた。近くに階段などはないようだ。

「どうして俺を助けた？」

「いいから早く」

手すりに手をかけよじ登り、テラスに飛び降りた。勢いあまってよろめき奇《く》しくも彼女を押し倒す格好になった。彼女の唇に指を当てる。

「おいしい展開だが、好物はラストにとっておくタチでね。なぜ俺を助けた？」

「あなたが助けてほしいと言ったからですわ」

彼女は一瞬心に起こったであろう期待を押し隠すように強気な口調で言い、目をそらした。

「違うね。君は俺がサインを出す前から、俺を助ける用意があった」

「……それはどうかしら」

「君は柳沼家の人間なのか？」

俺は彼女の太腿にそっと手を当て、ゆっくりと中に忍び込もうとした。その手を強く彼女がつねる。身持ちはそれなりに堅いらしい。

「一つだけ教えて差し上げます。この屋敷にあなたは近づくべきではなくってよ」

「らしいね。柳沼家の連中には嫌われてしまったようだ。だが、こっちには調べなきゃならないことがあるんでね」

「ですから、それをやめたほうがいいと言っているのです」

「なぜ？」

「柳沼家の人間はそうされることを望んではいません」

「君は柳沼家の人間じゃないのか？」

「まだ違います。来月にはそうなりますけれど」

「来月には？」

「水智雄さんと結婚するのです」

あえて驚いたふりをした。

「当主の妻に収まるお方だったか」

俺は女の頬に手を当てた。つるりとした顎。化粧映えしそうな、質素な美人だ。

「惚れた」

「おやめください。私はどなたかのように死を選んだりはしません」

柳沼水奈都に対して何らかの悪感情があるらしい。

「その気になるまで気長に待とうか」

俺はスーツの胸ポケットからペンをとり、彼女の手の甲に電話番号を書きつけた。書き終えるまで、彼女は抵抗しなかった。

「その前にあなたの命が危なくなるかも知れません」

「なぜ柳沼家は俺を煙たがる？　柳沼水奈都の心中相手だからか？」

「それだけでじゅうぶんすぎると思いますが？」

「だが、君の言い方は違ったな。詮索自体をしないほうがいい、と。単に義妹を死へ誘った男への嫌悪というだけではなく、むしろ禁忌に触れてくれるな、という気配が感じられる」

女は表情を硬くした。何か知っているのかも知れない。

「君は柳沼家の秘密を知っているな？」

「知りませんわ、何も」

「ならなぜ近づくな、と？」

「お引き取りを。大声を出しますよ」

「出してごらん」

俺は彼女を抱きすくめた。怯《おび》えた表情。だが、そのなかに数パーセントの揺らぎを垣間見た。彼女がそっと目を閉じたのを見てとり、その唇に唇を寄せる。

その瞬間彼女が叫んだ。

「誰か！　誰か助けてください！　不審者がいます！」

一瞬の決断。俺に危険を知らせたい気持ちと、自分の純潔を保つ気持ちの間で揺れ、後者をとった。だが、じゅうぶんな揺れだ。

「名前は？」

「必要ありまして？」

「いずれあるかも。また会おう」

俺は外へと向かった。一度振り返ると、「アリサよ」と囁き、彼女が敷地のさらに奥を示す。その方向に出口があるらしい。

彼女が敵か味方かを現段階で判断するのは難しい。確かなのは、この柳沼邸には隠された秘密があるということだ。

闇夜を駆けだした身体には、まだアリサのぬくもりが微かに残っていた。あの女とはまた出会うことになるだろう。なぜかはわからないが、そう確信した。

屋敷から少し離れたところに、人影が見えた。

磯山だった。裏口からの脱出をあらかじめ読んでいたのだろう。迷った挙句足を止めた。

「忠告したのに。結局来たんですね。狙いは何です？」

「べつに狙いなど……」

「さっきの言葉、本気ですか？　あなたが死のうとした相手が、水奈都さんじゃないって。そんなこと私には一言も教えてくれなかったじゃないですか？」

「言う必要があったか？」

「警察にはなるべく正直でいたほうが得策ですよ。我々はみなさんの味方ですからね」

童顔とも老け顔ともつかぬ顔が、ニッと笑う。

「取り乱してたんだ」

「そんな様子ではありませんでしたよ？　あなたは生きた女を探してるんでしょう？　つまり、昨夜あなたが一緒にいたのはべつの女。事件にはもう一人女が関わっているってわけですか。これは、一から調べ直してみる必要がありそうですね」

余興が始まったとでもいうように、両手を楽しげにこすり合わせる。

「俺は何も言ってないぜ？　そんなに邪推がしたけりゃ、さっさと任意同行でも何でも好きにしろよ」

磯山はさもおかしそうに笑いだした。

「時が満ちたら、それもいいですね。とにかく、今は一言だけご忠告を。夜道にはじゅうぶんご注意くださいね」

「夜道だと？」

「せっかく生き延びたのに、殺されたんじゃ割に合わないでしょう？」

おかしさをかみ殺すように、磯山は口元に手を当てながら俺に背を向けて歩き出した。何もかも吐き出してしまいたいくらいに胸がむかついていた。磯山という男は人を不快にさせる才能を持ち合わせているようだ。

気持ちを切り替えて俺はふたたび走り出した。

浮かんでくるのは共に死ぬはずだった女の背中。薄闇の中で俺を見つめ返していた山羊の顔。そして太腿のピンク花の刺青。

　今では遠のいてしまった死の影が恋しくなる。

だが、刺青のことを思い出したおかげで、今では名前すらわからなくなった幻の女の正体を探るルートを思いついた。俺はこれから行く先を自動的に決定していた。

7

　上野署にすぐには戻らず、磯山は柳沼邸に引き返した。柳沼水智雄に現状の報告を行なうためだった。柳沼家は親族に警視庁の関係者もおり、事件が起きた段階で上層部から「ひときわ慎重に」との指示があった。

　事件の真相など磯山にはわからないし、そんなものに興味もない。現場に駆け付けた監察医が自殺だと断定したのならそうなのだろう。たとえ、その医師というのが、柳沼家のお抱えだったとしても、表向きは何の問題もない。警察としては診断に不審な点がなければ、それを尊重するだけだ。

　ただ、華影忍という男が何を考えているのかには興味があった。彼は意識を取り戻してからずっと何が起こったのかよくわからないというような顔をしていた。強い反応があったのは、亡くなった水奈都の顔写真を見せたときだ。あれは、想像と違うものを見せられた者に特有の反応だ。

そして、あの男は仮通夜に現れた。水奈都の死体を確めるためだろう。

「どういうことだ！　なんであんな奴が仮通夜に乗り込んできた！」

柳沼水智雄はこめかみの血管が浮かび上がるほど怒りを露にしていた。磯山は静かにこうべを垂れた。

「ご不快な思いをさせ、申し訳ありませんでした。あの男が何を考えているのか、しょうじきこちらも読めなかったものでして。しかし、さっきではっきりしました。奴はどうも自分が心中に選んだ相手が水奈都さんとは違う女性だったと思い込んでいるようですね」

一瞬だが、水智雄の目が泳いだ。何かあるのか。だとしても、それを追及するのは自分の仕事ではない。この事件は終わっている。あとは、華影忍が柳沼家の名声をこれ以上貶《おとし》めることのないように収束を図るだけだ。それこそ、ひときわ慎重に。

「それがどうした？」

「いえ。勘違いでしょう。出会って結ばれ、一夜明けると女性の顔が違って見えるというのは、よく聞く話ですからね。一時的な精神の混乱によるものと思われます。とにかく、私のほうで彼の精神的混乱を早急に落ち着かせるようにしますので、どうぞご安心ください」

「……危険じゃないか？　精神的に錯乱してるんなら、自分が一緒にいたのは別人だとマスコミの前で喋りだすかも知れん」

「ご不安ですか？」

なぜそれほど気にする？

精神が錯乱した者が何を言い出したところで、世間的に見れば彼は心中未遂で相手にだけ死なれた太宰治《だざいおさむ》の物真似《ものまね》文人といったところなのだ。そんな輩《やから》が何を言ったところでどうでもいいではないか。それなのに、ここまで気にするのは――。

何かあるのか？　華影忍が言っていたことは本当なのだろうか？

磯山の疑念に気づいたのか、水智雄はすぐに打ち消した。

「いや、問題あるまい。二度と関わりたくないあまり過敏になってしまった。ご苦労だった」

「ご安心ください。彼の様子はまた後日観察しておきますから」

だが、水智雄がその言葉を聞いていたかどうかは怪しい。彼はすでにどこかに電話をかけながら、磯山のもとを離れ始めていたからだ。

勝手なことをしなければ良いが――。

ただでさえ、忍の周りではすでに不穏な動きが起こっているのを磯山は把握していた。

「厄介なことをするなよ、金持ちめ」

誰にも聞こえぬように呟き、磯山は柳沼邸の敷地から出た。そうして、やってくるタクシーに手を挙げながら思った。

本当に、華影忍はべつの女と心中するつもりだったのか？

だとしたら、その女はどこへ消えた？

8

「久しぶりだな」

大学院の研究棟なんて場所を訪れるのは初めてのことだった。かの男が二十四歳の若さで美学教授に就任し、今年で四年が経《た》つ。一時期はパリへ行っていたようだが、最近になって偶然クルーズで再会を果たし、帰国していたことを知った。

そして——どうやら溝渕がこの男に原稿を依頼したらしいことも、今日知った。

「先輩みたいな人は久しぶりくらいでちょうどいいです」

黒いスーツに身を固め、書物から視線を上げもせずに不機嫌な様子で〈黒猫〉は答えた。

常人の思いも寄らぬような論理の歩み方をすることから、大学界隈で彼は〈黒猫〉という渾《あだ》名《な》で親しまれているが、高校時代は純粋そのもののシャイな男だった。歳月を経てシャツの肩のあたりを持ち上げる癖もなくなったらしい。

小憎らしさは過去より数倍増しているようだ。

「おまえの原稿をたまたま読んで、懐かしくなったのさ」

「原稿を？」

「『デジタル化された美意識』、面白いエッセイだった。おまえの担当編集の溝渕は俺の担当でもある」

「入稿前の原稿を他人に渡すのはプロ失格ですね」

「奴の鞄を勝手に開けて読んだだけだ」

黒猫は俺を睨みつけてから、力なく溜息をついた。

「先輩が大学にまでやってくるとは、意外ですね。こういう場所は苦手なものとばかり思っていましたが」

「苦手さ。だが、緊急で相談したいことがあれば、おまえが学会の壇上にいようが俺は会いに行く」

「迷惑千万ですよ。で、緊急の相談って何ですか？　女性問題以外にしてくださいね。あと、正しい心中の方法とかも知りませんから」

黒猫もまた例のニュースを知っているらしい。この都市で今朝の報道を知らない者を探すほうが難しいのか。

「ピンクの花の刺青をあしらうことをどう思う？」

すると、黒猫の顔がそれまでの無関心から一転、にわかに好奇心に満ちてくる。この男は美という毛糸にじゃれつく猫のようなところが昔からある。それも、現在の渾名につながっているのだろう。

「皮膚の図像学についての話がしたくてここへ？」

「あるいはな」

「絵画についてなら、先輩の知識も相当なもののはずですが？」

「だが、皮膚にモチーフを彫る意味については、俺はわからない。そういうことは、概念をこねくりまわしているおまえのような男のほうが詳しいだろう」

「亡くなった女性の刺青の意味を読み解きたいわけですか？」

「違う。死んだのはべつの女だ。刺青の女は生きている」

黒猫はそこで一瞬黙った。何事か考えているらしく、下唇を指でとんとんと叩く。

「何か、複雑な背景があるようですね。いいでしょう。まず皮膚に何らかのモチーフを彫ること、それ自体についてお話ししたいと思います。刺青の歴史はほぼ人類の歴史と同じくらい長いです。その動機もさまざまで、単なる装飾から個体識別、刑罰、身分を示すもの、宗教的儀礼、威嚇《いかく》効果など多岐にわたります」

黒猫の講釈は川の流れのごとくよどみなく続く。

刺青の歴史の古いこと、そして動機が多様であることは、この国に限ってみても同じであるらしい。

江戸の頃にはごろつき共が全身に刺青をしており、またそういった郎党から身を守るために、刀をもたぬ商人たちが呪術的意味合いで刺青をしていたとの話もあるのだとか。

また、明治以降には性的装飾として刺青をする人が増えている、と黒猫は指摘した。谷崎潤一郎《じゅんいちろう》の『刺青』のような作品はこうした背景から生まれているようだ。

「したがって、一口にピンクの花の刺青といっても、文化やその人物の思想によって意味は大きく変わってくると言えるでしょう。その女性は、今言った例でどこに当てはまると先輩は考えますか？」

「そうだな……性的装飾だな、恐らくは」

「なぜそう思われるのですか？」

「彼女が何かを信仰していたとは考えにくい。出会った場所は神社だったが、神道を信奉していなくとも誰だって神社には行く。彼女は太腿にピンクの花を、背中には黒い山羊をそれぞれ彫っていた」

「黒い山羊を？」

黒猫は怪訝《けげん》な表情になった。

「ああ。どちらも自身の意思で彫った様子で、それを恥じらったりはしなかった。威嚇の効果を期待するには、彼女はあまりに無防備だったし、いまどきヤクザ以外で身分を示すための刺青もなかろう。刑罰や個体識別ならもっとシンプルで記号的なものにするはず。あれは装飾的なものだった」

「しかし、宗教的側面は捨てきれないでしょう。装飾のためだけに山羊を彫るとは考えにくいです」

「山羊を祭るとなると、悪魔崇拝主義者か？」

「もちろん、可能性の一つとしてはあるでしょう。とくに現代のこの国は節操なくあらゆる文化がひしめき合っています。深い知識がなくとも、髑髏《どくろ》や十字架を彫る若者は多い。キリスト教文化が形成した山羊にまつわる悪魔的イメージを、かっこいいと思って背中に彫るというのはありそうな話ですね」

「たしかにな。だが、あの悪魔崇拝的イメージというのは、そもそもいろいろ誤解がある。

本来、西洋では山羊はそれほど忌み嫌われる存在ではなかったはずだ。中世の頃に魔術が流《は》行《や》って、ギリシア神話やエジプト神話の邪神のイメージが取り込まれるようになっただけだ」

「そうとも限りませんよ。旧約聖書に、はっきりと山羊は悪《あ》しき存在とありますからね」

黒猫は冷めた調子で象徴としての山羊について語る。山羊が「悪しき存在」とされてきたのは、山羊そのものの気性の荒さと、人間の育てている植物の根っこまで食べつくしてしまう無分別な性質にあるらしい。

それと、あの顎鬚《あごひげ》も。白い顎鬚というのは人間のなかでも長寿の老人に限られた特権的なもの。それを所有する山羊をほかの動物と区別したくなるのは、理不尽ではあるが、理解はできる、と黒猫は言う。

「ギリシア神話のパンが半獣神であるのも、あの顎鬚のイメージから派生して形成されたものと思われます」

「すると、現代において山羊を背中に彫る意味は二つ考えられることになるな。何か呪術的なメッセージか、さもなくば髑髏や十字架を描くのと変わらないファッションの一つか」

「仮にファッションだった場合、なぜ髑髏や十字架ではなく、山羊でなくてはならなかったのでしょうね。背中に彫るというのもまた面白い。背中というトポスについては、先輩のほうがお詳しいとは思いますが」

黒猫は、あの頃より温度の低いシニカルな微笑を浮かべた。

9

「背中は背骨を支える筋群の集合場所だ」

勧められた椅子に腰かけて足を組むと、高校時代の部室で語らっていた頃が懐かしく思い返された。散在した書物のうちから一冊を手に取り、それをぱらぱらと捲りながら、俺は背中についての考察を続けた。

「背中を見れば、全身のバランスや贅肉《ぜいにく》のつき具合も想像がつく。その一方で、おまえの真似をして美学的な物言いをするならば、背中が象徴するのは物事の裏側。この世でもっとも美しい〈裏〉だ。徳の〈裏〉、すなわち背徳の記号でもある。貞淑な女の背中には悪女があり、欲深い女の背中には聖女が隠れているかも知れぬ。かつて画家のアングルは女の背中をこよなく愛し、それをもっとも美しく見せる構図を考えて絵を描いた」

「《グランド・オダリスク》ですね?」

黒猫は書物だらけのデスクの奥から一枚の絵葉書を手渡した。それは《グランド・オダリスク》が印刷されたものだった。

「背中を向けているとき、女は女以上の何かになる。それは光の性質のような二重性だ。その二重性が、カトリックによって抑圧された性を、十九世紀に解放してゆく」

「背中が解放した、と？」

「あるいはな。物質は世界を動かす。実際、女の背中がアングルやジェロームにもたらした想像力は計り知れない。女性のどんな部位を描くよりも、彼女たちの神秘をもっとも端的に表してくれるものだったからだろう。そして、同時に秘められているようでいて、背中にはすべてが現れてもいる」

かつての婚約者、驟子《しゅうこ》のことを思い出す。背中の美しい女だった。黒猫も驟子を知っているから、俺がいま何を考えているのかはすぐわかったようだ。が、静かに目を瞑《つむ》り、あえてそれには触れてこなかった。お互い、もういい大人なのだ。

「では、先輩の背中論を踏まえてお話の続きをしましょう。山羊が背中に描かれたということは、少なくともそれが彼女にとっての〈表〉の性質ではないということです。つまり、背中の刺青は己の真実を記した、秘められた暗号かも知れません」

「何にせよ、秘められた暗号なら解かねばならない。まず、その山羊の系譜を仮定してみよう。絵のタッチから察するに日本的イメージではない。ディテールにこだわったものではなく、単純な線的なタッチで描かれていた。神話に登場する山羊を古代壁画のようなイメージで描いたと仮定してみようか」

これで一歩前進だ。その先にどんな答えがあるかは謎のままだが。

「真っ先に浮かぶのは、やはりギリシア神話のパンですね。パンは牧畜の神で、山羊の足と鬚、そして頭に角をもって生まれました」

パンはその容姿のため、すぐに捨てられ、ニンフたちが彼を育てたと言われている。不幸な生い立ちだが、やがてヘルメスに見出《みいだ》され、牧畜の神となる。

「日本語では半獣神とか牧神とか言われますね」

「そうか……牧神を描いたとなると、バレエの『牧神の午後』をモチーフにしているということも考えられるな。あれはたしか、おまえの研究対象でもあったステファヌ・マラルメの詩篇が元になっているんだったな」

ニジンスキーが初振付、主演を務めたバレエだ。水浴びをするニンフに欲情した牧神が、彼女たちを追い求めるも逃げられ、最後は自慰行為に耽る、という前代未聞の内容だった。

「僕もその可能性はさっきから考えていました。しかし、太腿に描かれたピンクの花なんですが、それは薔薇《ばら》でしたか？」

「薔薇？」

「ええ。マラルメの《半獣神の午後》には〈薔薇〉と〈葦《あし》〉が対比的に用いられています。〈薔薇〉はニンフたちの美しさの属性を、〈葦〉は半獣神の醜さを示しています」

俺は記憶をたどる。

あの花は——。

「あれは薔薇じゃない。どちらかというと桜に近い感じだった」

「桜に？」

「いや、似ているというだけで桜ではない。花弁の外側がピンクで、中央の辺りが赤いんだ」

「外側がピンクで、中央の辺りが赤、ですか……すみません、僕も植物学者ではないので、いまその花が何なのかを即答することはできませんが、一つ言えるのは、国内では桃の実や桃の花がよく刺青の図柄として採用されていました。その象徴するところは、性的豊饒《ほうじょう》さです。とくに、桃の花のピンクは生殖器の処女性と関連付けられているようですね」

その刺青は桃の花ではなさそうだが、ピンクという色は少なくとも国内では淫靡《いんび》なものの隠喩として用いられている、と黒猫は語った。

「エロスのテーマは、マラルメの詩とも相性が良さそうじゃないか？」

俺は黒猫が持っていた書物の背表紙を示した。『マラルメ全集』という箔押しの文字が水色の装丁の中で輝いている。

「ええ、ただ薔薇でなかったとしたら、マラルメの《半獣神の午後》と結びつけるのは無理があるのかも知れませんね。ただ、一方で牧神である可能性から離れることはない、とも。パンには性欲や繁殖といった意味があります。またそれが背中に描かれていることには重要な意味があるでしょう。彼女がその背中を見せるのはいつなのかを考えてみてください」

「情交のときだ」

「そういう露骨な言い方は何とかなりませんか」

「まぐわい」

黒猫は咳《せき》払いし、微かに頰を赤らめる。ほんの少しだけ、昔の黒猫が顔を覗かせる。

「つまり、その背中を見るのは、彼女ではなく行為に興じる相手です。だから、男性にとっての鏡像として描かれている可能性もあるでしょう」

行為に興じている男性に対して、その性欲に憑かれた姿をパンに重ねて嘲笑する狙いがあったのかも知れないと言う。あるいは、嘲笑ではなく男性を邪神に擬して崇拝するような感覚なのか。

「いずれにせよ、彼女の隠された性を示すと考えることはできます」

「しかし、そんなことをしても彼女が何者なのかは一向にわからぬまま、か」

「無駄足でしたね」

「そうでもないさ。もし男性にパンの姿を重ねているのならば、彼女は過去に男性不信に陥るような体験をしているのかも知れん。その牧神の絵を見る男への復讐という可能性もあるだろうな。それが男性全般なのか、ある特定の男性への復讐なのかはわからないが。いずれにせよ、彼女は怨念を背中に秘めて生きてきたわけだ。ここへ来る前より多くのことがはっきりした」

彼女の奇妙な喋り方を思い出す。〈菜穂子〉を思わせる特徴的でわざとらしい喋り方は、とても生まれつきの喋り方とは思えない。どこかで意図的に形成した口調だったはず。それは裏を返せば、それだけ彼女のなかに隠さねばならぬものがあったということでもある。

10

「ところで——先輩と心中したことになっている女性ですが」黒猫は下唇を親指の腹でとんとんと叩きながら続ける。「柳沼水奈都という名前には聞き覚えがありますよ」

「何だって？」

思いがけない言葉だった。

「たしか柳沼グループの娘さんですよね。一度だけですが、そこのご長男の水智雄氏とともに美学のシンポジウムに来ていたことがありました」

「美学のシンポジウムに？」

「水智雄氏のほうは単なる美術品の収集家という雰囲気でしたが、妹の水奈都さんのほうはかなり美学的な知識もお持ちのようでした。ただ、少々粘着質な気性が気になりはしましたが」

「粘着質、とは？」

「だいぶ偏りのある美学的推論を、強引に相手に受け入れさせようとしていました。学会の最中に研究者以外の人間が手を挙げて意見を述べるのも勇気のいることですが、意見を曲げないものだからそこにいた面々皆手を焼いたので覚えているんです」

「興味深いエピソードだな」

大した話ではないが、そんな側面一つとっても、俺が夜を共にした〈柳沼水奈都〉と現実の柳沼水奈都がべつの女であることを立証しているようにも思われた。

「柳沼グループの娘として生まれたからか、誰にも否定されずに育ったのでしょう。だから、わがままで自分を曲げることを知らない」

「そういえば、金持ちの娘ということで思い出したが、死ぬ前か後かはわからんが、昨夜のうちに柳沼水奈都の口座からほぼ全額が引き出されているらしい」

「預金が全額？」

「イマイ銀行からな」

「柳沼グループの娘が、都銀とはいえ新規参入のイマイ銀行に預金していたんですか。妙ですね。柳沼グループといったら、その中枢にＹＧＮ銀行があります。わざわざほかの銀行に預金するのには何かそれなりのわけがあったのでしょうね」

黒猫の言ったことは盲点を突いていた。紀里の話を聞いていながら、俺はその点にまったく関心がいかなかった。だが、考えてもみれば柳沼グループの人間がＹＧＮ銀行以外の銀行を使うのには、身内には言えない理由がありそうに思われる。

「調べてみよう。いっしょに来るか？」

「遠慮しますよ。昔から先輩と行動するとろくなことにならない」

「余計な女を抱くことになる、か？」

「それもあります」

黒猫は苦笑まじりに言う。

「それに、これから僕はべつの約束があるので」

その言葉の響きで、黒猫が俺のようにはかつての〈運命の女〉に囚《とら》われ続けてはいないことがわかった。微かな希望の匂いが、滲み出ていたのだ。

「デートか?」

「まさか」

だが、その表情から女がらみであることを俺は直感する。まあいい。この歳にもなって黒猫を子ども扱いするのも大人げない。俺はどうも昔からこの男を支配下に置かなければ気の済まないところがあるようだ。独占欲未満の小さな欲求だ。

成熟した黒猫の表情のなかに、かつての繊細な若者の面影をなぞりながら、「また飲もう」と言い残して俺は研究室を出た。

「気を付けてください。牧神であるパンは、パニックの語源にもなった邪神で、恐ろしい一面を持っています。先輩を破滅に導くかも知れません」

「気を付けるさ。おまえもな」

研究室のドアを閉め、エレベータに向かった。

ドアが開く。

デニムにTシャツというラフな出で立ちながら、姿勢がよく、清潔感のある女が乗っていた。両手で抱えているのは、エドガー・アラン・ポオの詩集だった。あらゆる女が俺に落ちるとしても、唯一ひとりだけはなびかなそうな女というのがいるものだ。そういう女は見ると一瞬でわかる。そして、わかるからこそ惹かれる。

「どこかで会ったことがないかな？」

「……私と、あなたがですか？」

彼女はきょとんとした表情で俺を見た。

「すみませんが、記憶にありません」

彼女は頭を下げると、廊下を歩き始めた。そして、黒猫の研究室のドアノブに手をかけた。

あれが黒猫の恋人か。

「ネヴァーモア」

ドアを開けかけた彼女の手が止まり、こちらを見やった。

「またとない《ネヴァーモア》——とポオの大鴉《おおがらす》は言う。だが、君と俺はどうだろう。次はぜひ、中にいる男には気づかれぬ秘密の時間に逢いたいね」

彼女は真昼の空が微かに夕陽に染められるように、頬を赤らめた。その様子に、俺はひとまず満足することにした。

今日のところは引き下がろう。だが、いずれ——その無垢《むく》で白い艶やかな皮膚を赤い縄できつく絞めつけ、痕を残してみせよう。

とどのつまり、俺が生きるということは、またよこしまな欲を泳がせるというだけの意味しかないのだから。

だが、エレベータに乗り込んだ瞬間、彼女の顔も思い出せなくなった。あの黒い牧神の刺青が、脳裏を占拠してしまったのだ。女の正体を明らかにするまで、この焼きついたイメージは消えないのかも知れない。

第三章　山羊を追え

1

「何も聞きません。何も聞きませんけどね、僕は怒っていますよ、わかりますよね、先生？」

病室に戻ったのは十一時五十八分だった。

「なぜ怒る？　シンデレラは十二時までに帰還したぞ」

「誰がシンデレラですか！」

溝渕は怒りながらも一日自分のもとから離れていた眼鏡を愛しげに奪い取った。

それから俺の手渡した鞄を受け取り、ごそごそとその中身を確かめ始めた。「あ！　ゲラ読みましたね？　順番が変わってる！」などと怒っているが、俺は聞こえないふりをしておいた。

「マスコミの奴はやってこなかったか？」

「一人訪ねてきましたが、看護師さんが追い払ってくれましたよ」

「それは何よりだ」

「今日は会社に早退の連絡しましたけど、明日は会社を休むわけにはいきませんからね。雑誌の締め切りだってあるし、大御所作家の様子窺いだって行かなきゃならないんです。新人作家の尻も叩かなきゃならないし、印刷所との交渉だって……聞いてますか？　聞いてますか？　もしもーし」

俺はあくびをしながら生返事で頷いた。

「まあそう怒るな。おまえの好きな〈鷲屋《わしや》〉のおはぎを買ってきてやったんだ」

「こんなもので僕が釣れると思ったら大間違いですから」

言いながらも溝渕はしぶしぶといった感じでおはぎを受け取る。この男は和菓子に目がないのだ。

「それで、ものは相談だ。おまえ今夜はこのままここに入院していてくれないか」

「は？　じょ、冗談じゃないですよ！」

「なに、もともと明日には退院予定だ。一晩我慢していてくれればいい」

「いやですってば」

俺は素早く溝渕から鞄を奪って離れた。

「俺を陥れた奴が誰かを暴き出すためだ」

「何を言ってるのかわかりませんね。先生を陥れたのは死に憑かれた先生自身でしょうに」

「そうじゃないんだ。いいか、溝渕。考えようによっちゃ、この一件の真相を知ることは次作のためのネタ探しの作業になるかも知れないんだぜ？」

「馬鹿なこと言ってないで真面目に次作をですね……」

「俺はあんな女と心中はしていない」

「……本気なんですか？　だったら誰かが先生をハメた、と？」

「そう言っているじゃないか」

ようやく溝渕はじっと考え込むように黙った。

「誰が俺をハメたのでも構わないさ。大事なのは、本来俺と心中するはずだった女が生きているってことだよ。俺はその女をつかまえて尋ねたいんだ。あの晩の二人の時間が偽りのものだったのかどうかをな」

溝渕は俺の顔をじっと見つめた。そして、俺の両頰を挟んだ。

「よおく僕の顔を見てください」

「なんだ、急に」

この男のこんな勇敢そうな顔つきを見るのは初めてのことだった。

「接吻でもする気か？」

「馬鹿なことを……」

溝渕はすぐに俺の頬から手を放し、背を向けながら言った。

「たしかに華影先生は以前よりいい目をしています。虚無感には満ちていますが、美を求める一点がある。世の中、間違った体験が間違った結果を生むとは限りません。いかに不道徳な行為であっても、それがいい作品に昇華する可能性はじゅうぶんにあります。いいでしょう。飽《あ》くまで次の小説の題材探しに役立つと考えて、明日の退院時間まで僕は華影忍のふりをしてここに居座りましょう。もともとこの病院は芸能界御用達ですからね。主治医も僕が別人だと気づいてはいますが、放置してくれています」

「恩に着る。一つだけ言っておこう。来訪者に気を付けろ」

「どういう意味です？」

「何があるかわからんぞ」

磯山の警告を思い出し、俺はそう伝えた。今日一日、ずっと何者かに尾行されているような感覚が付き纏っていたのも確かだ。

「え？　え？　な、何があるんですか！」

「よろしく頼んだ」

俺はふたたび溝渕の眼鏡を奪い取ってかけると、ドアのほうへと向かった。

「ちょっと、先生！　もっと大事に扱ってください。その眼鏡はメゾン・ボネでわざわざ作ってもらったものなんですから！　どこ行くんですか！」

「いろいろ考えたいことがある」

溝渕は深い溜息をつきつつも、ゆっくり頷いた。

「わかりました。覚悟だけはしときます。先生もケータイがつながる場所にいてくださいね。あと鞄は返してください」

俺は鞄を渡した。考えてみると、まったくもって邪魔だ。

「夜這いの最中でも電話に出ろってわけか？」

「冗談を言ってるんじゃありませんよ！」

俺はひらひらと手を振って病室を出た。ちょうどすれ違いに道子が現れた。

「危険なことをしているみたいね」

「おまえに関係あるか？」

「ないわね。あなたは私を捨てて死のうとしていたんですもの」

「そうだ。俺なんかより、中にいる男と一緒になるほうがおまえのような女には幸せかも知れんぞ」

「……それ、本気で言っているの？」

俺は肩をすくめた。しいて別れようとしたことがない。それを彼女のほうは好意と受け取ってか、家を出て行こうとはしない。それは自分の決断が間違っていたと思いたくないせいなのか、単なる未練なのか。

だが、彼女より俺自身の内面が問題だった。いまだに道子に決定的な別れを切り出さないのはどうしたわけだろう？　面倒なだけともいえたが、過去には何度も修羅場を潜り抜けてきた。「面倒くさい」は言い訳にしかならない。

思えば、結婚にしても、「してみたら気分が変わるんじゃない？」という道子の提案を却下しなかったせいなのだ。

いつでも俺は消極的ながらも、一度もこの女の存在を否定することがなかった。それは好意なのか……。好意と呼べるのか？

少なくとも、道子はそれを好意と信じている——のだろう。

「あなたって何もわかっていないのね。私はあなた以外の誰かを求めたりはしないのよ。そんな鈍感なあなたが、今回の一件の裏にある真相にたどり着けるのかしら」

「どういう意味だ？」

「そのままの意味よ。あなたは一緒に死のうとした女性と実際に亡くなった女性は違うという。それが真実なら、一緒に死のうとした女性には何らかの計画があったはず。女が命を懸けて計画を立てたら、その裏を見抜くのは男にはほぼ不可能よ。たとえそれが刑事事件であった場合でも、法のもとに女の真意が暴かれることなんてあるのかしら？」

「理詰めで考えていけば、真実はいつでも容易に手に入るさ」

俺は今日の調査について、過不足なくまとめて伝えた。伝える義理があるわけではない。だが、言い合いをするよりは、自分が何をしていたのかを話したほうが解放されやすいと判断した。

「私がなぜあなたと一緒にいるのか、その理由も理解できないあなたが真実を手に入れられるというの？」

ふふっと道子が笑った。何年も連れ添ってきたのに、これまで一度も見たことのない小悪魔的な冷笑だった。

「一つだけ、誰にでも思いつくアドバイスを。柳沼水奈都が東祥銀行の行員でなかったのなら、あなたと死ぬはずだったもう一人の〈柳沼水奈都〉が東祥銀行にいたということよね？それなら、銀行員から行員の集合写真みたいなものでも見せてもらったらどう？」

「行員の集合写真だって？」

「ええ。あなたはその女性の名前を知らず、顔だけを知っている。ならば、顔写真を見れば、わかるのではなくて？」

「ふむ……当たってみよう」

そう答えつつも、俺はそれが無駄足になるであろうことを予測していた。昨夜の女は写真の水奈都に似て目が細く見えたが、それはあまり目を開けていなかったせいだろう。彼女は何らかの事情で水奈都に印象を似せていたのだ。だから、行員の集合写真を見ても彼女を見つけ出せるかどうかは定かではない。

それどころか、いまどこかで彼女と出会っても俺は本当に彼女を彼女だと見分けられないかも知れない。

見分けられるとすれば――。

脳裏をよぎるのは、背中の黒い山羊と太腿のピンクの花。結局、その女にたどり着き、服を脱がせて刺青を確かめてみるしかあるまい。

逆を言えば、あの模様の刺青をした女について聞き込みをすれば、結果は得られる、とも言える。いずれにせよ、俺のなかで今夜の行き先は決まっていた。

「悪いが、行くぞ」

「止めないわ」

道子は目をつぶっていた。その顔は、これまでになく美しく、儚《はかな》げに見えた。俺は彼女の頰に手を当てると、耳元で囁いた。

「中にいる〈華影忍〉を慰めてやれ。退屈している頃だから」

2

溝渕は溜息をついた。

あの人は何もわかっていない。道子さんがどれほど先生のことを深く愛しているのか。たしかに自分は道子さんが好きだ。愛していると言ってもいいかも知れない。少なくとも、小説の次に好きなのは道子さんだろう。でも、彼女は自分など眼中にあるまい。

そのことを嘆かわしく思ったことはない。むしろそうであればこそ道子さんであり、そんな道子さんごと溝渕は好ましく思っている。溝渕の愛は複雑なシステムで保持されている。だから、道子さんを手に入れたいとはつゆほども考えたことがない。むしろ、まかり間違って道子さんが自分に惚れたりした日にはどうしたらいいかわからなくなってしまうかも知れない。

華影先生が出て行ってから、しばらくして病室に道子さんが入ってきた。今夜の彼女は、ダークグレイのワンピースで、その肌の白さが強調されていた。

「すみませんね、溝渕さん。夫が無理を言いまして」

「これも仕事ですから」

道子さんは花を替え始めた。前かがみになり、胸元が見えそうになったので、溝渕は慌てて目をそらした。

「何か食べたいものはありませんか？　なんでも仰ってくださいね。私、買ってきますから」

「と、とんでもないです。僕は満足しています」

あなたといられるだけで、と溝渕は思ったけれどもちろん言葉には出さなかった。

「話は変わりますけれど、溝渕さん、女が演技であれ誰かと心中や駆け落ちをしようとするとき、どんな気持ちなんだと思います？」

そんな質問をどういう気持ちでこの人はしているのだろう、と溝渕は悩んだ。下手な回答はできない。かといって無難な回答が求められているわけでもないことは彼女の表情からわかった。

「んん、そうですね。女性はやっぱり命がけなんじゃないでしょうか」

悩んだ挙句、月並みなことを言った自分が恥ずかしくて、溝渕は俯いた。そんな溝渕の様子を、道子さんは笑った。

「たしかにそう、命がけかも知れませんね。女は男に比べて、戦争を嫌うし、命を大事にする側面があるのに、あるときにはすべてをなげうっても惜しくないと思う。それは、命よりも大事なものを守るときです。その〈大事なもの〉が、たぶん男と女では違うのね」

「命より大事なもの……ですか」

なんだろう……溝渕にはいくら考えても思いつかなかった。

「命より大事なものが何なのか、それはもちろん命を命たらしめているものです」

「命を命たらしめているもの……心臓ですか」

溝渕の発言に、道子さんがおかしそうに笑った。その笑顔に溝渕は心を奪われ、一方で笑われたことが恥ずかしくて顔を赤く染めた。

「すみません、僕何かおかしなこと言いましたか？」

「いえ、なんでもないわ。溝渕さんは、あの人が心中しようとしたお相手は、本当に亡くなった柳沼水奈都さんとは別人だと思いますか？　それとも——」

「そう思いたいだけなんじゃないかってことですか？」

「可能性としてはじゅうぶん有り得ることだわ。さっき私、あの人に昔の勤め先として彼女が語った銀行の行員の集合写真でも見せてもらいなさいって言ったんです。すると、あの人、曖昧な頷き方をしました。それは、顔の記憶に自信がないってことじゃないかと思うんです。たった一晩過ごしただけの女性の顔を、厳密に細かく覚えているなんて不可能ですよ」

「そうでしょうか？」

溝渕には残念ながらその手の経験が皆無だった。大学時代に一度結婚を考えた先輩の女性を追いかけて出版社に入ったら、その女性はまるで別人に見えるほど体形が変わってしまっていた。それでも溝渕にはすぐに彼女だとわかったものだ。

「しかも忍はあの日、酔っぱらっていた。夫はいま、彼自身の心の闇を追いかけているだけかも知れません。だって、心中相手が、自分に黙って死んでしまったなんて考えるだけで罪悪感を刺激するものじゃないですか。そんな現実は信じたくないって気持ちは当然起こり得ますよね？」

「そうですね。たしかに、ただ、僕には一つ気になることが……」

言いかけて、溝渕は黙った。これは奥方に対して伝えるべき推論ではない気がしたからだ。

すると、溝渕の心の内を察するように道子さんが言った。

「いいから続けてください。私はどんなことを言われても傷ついたりはしないから」

その真摯なまなざしが溝渕の胸を締め付けているとも知らずに、道子さんはじっと溝渕を見つめた。

「つまり、あれです、華影先生はたぶん、心中相手が死んだくらいで罪悪感を抱くタイプじゃないってことです」

その言葉に、道子さんは虚を衝かれたようだった。

しばらくぼんやりと一点を見つめてから、道子はあえぐようにしてこう答えた。

「そうね、あの人はちょっと人間として欠けている部分があるから」

それは溝渕も感じていた。華影先生自身というより、先生の文章から感じるのだ。人の死を軽く見ているというわけではないのだが、すでに死の領域に片足を突っ込んでいるせいなのか、人の生き死にに対して冷淡なのだ。そういうこともあるくらいにしか考えていないようで、だからたとえ心中相手だけが死んでしまったとしても、そんなことで罪悪感は抱かないだろう。

華影忍という男の総体を、溝渕は作品を通して少しずつ理解し始めていた。男なら絶対に敵に回したくないタイプだとも思っていた。

「華影先生の文章は非常にひんやりしていますよね」

「まるで、新印象派の絵のようにそっけないですものね」

「そっけない……そうですね。心中事件を扱いながら、ああもそっけないというのも奇妙なものです」

「むかし川端康成《やすなり》が好きで読み漁《あさ》っていた時期があるのですが、やはり、その文体からはとても冷たい印象を受けました。美だけを見つめている人はだいたいにおいてちょっとばかり非人間的なところがあるのかも知れませんね」

道子さんはまた微笑んだ。悲しくても楽しくても笑って済ませるその性格が、自然と神秘性を帯びて溝渕を惹きつける。

「そう考えれば、たしかに忍は罪悪感から生きていてほしいと思ったりはしないでしょうね。かと言って未練で判断が鈍るタイプでもない。溝渕さんが指摘なさったとおり、あの人は冷淡ですから。となると、やはり昨夜忍と死のうとした女性はべつにいるのかも知れませんね」

遠い目になる。そのことが悲しいわけでも嬉しいわけでもなく、ただ途方に暮れているような目だ。

「死のうとしたけれど、本当は生きている女性。彼女はいまどんなことを考えながら暮らしているのかしらね」

いるかどうかもわからぬ相手に、道子さんは同情を寄せているかに思えた。そこには溝渕にはとても触れられぬ奥ゆかしい心の領域が潜んでいるようだった。

「でもそうなると、水奈都という女性がなぜ死んでいたのかが気になりますね……。華影先生は、その一緒に死のうとした相手を見つけてどうする気でしょう？　まさかまた死ぬ気じゃあ……」

「大丈夫よ。少なくとも相手には心中の意志がないわけだから」

「あ、そうか。心中してないんですもんね」

べつの女が死んでいたということは、そもそも心中自体がその女性の死のためのカムフラージュだったことになる。

「忍は一人では死ねません。生を手放しかけてはいますが、完全に手放しているわけではないんです」

「そうでしょうか。僕はときどき華影先生が怖くなるときがあります。あまりにも生への執着がなさすぎて」

「でも一人では死ねない。だから心中なんかしようとするのです。そこに微かな、本当に微かな生への執着がある。恐らく、あの人は死にたいのではなく、生を凝縮してしまいたいのです。そのために心中をしようとする。私はそう信じています」

道子さんは、しばらく休めていた手をまた動かして、花を飾り始めた。あと半日もすれば退院するというときでも花を生けることを欠かさない道子さんに、しなやかな強さを感じた。もうここには華影先生はいないというのに。

溝渕は甘酸っぱい気持ちになった。

思わず道子さんの髪に触れた——。

おやめくださいと、言われると思っていた。

道子さんは何も言わなかった。ただ、溝渕の好きにさせていた。そのことが、かえって罪悪感を誘った。

溝渕は、慌てて手を引っ込め、「すみません」と謝った。

すると、ゆっくりと道子さんは溝渕を見た。

「おやすみなさい」

道子さんは静かに部屋から出ていった。照明は消され、枕元のスタンドの仄《ほの》かな光がわずかに闇を遠ざけている。溝渕は怖くなった。自分の感情の揺れ動きが、道子さんに伝わったのは間違いない。道子さんはそれを拒絶も受諾もしなかった。宙ぶらりんな気持ちほど怖いものはない。

華影先生の顔が浮かんで、思わず溝渕は正座してしまった。ごめんなさい……先生。でも先生が悪いんですよ、とも同時に思った。先生がもっと道子さんを大事にしていれば、僕はこんなよこしまな考えをもたなくて済むのに……。

一瞬だけ触れた髪の感触を思い出す。

そして、まどろみかけた時――ドアをノックする音がした。

道子さんが戻ってきたのだろうか？

溝渕はとくに乱れてもいない髪を慌てて撫でつけたものの、しかしもはや合わせる顔がないと考えて返事をせずに寝たふりをすることにした。

いびきの演技など、高校の修学旅行以来だった。すると、ドアが開いて誰かが入ってきた。

看護師の見回りだろうか。だがそれにしては、すぐ立ち去らずベッドへ近付いてくる。いや、やはり道子さんが戻ってきたのか……溝渕の体に緊張が走る。

道子さん、いけません。

やがてするりと頬に冷たい感触が走る。

「おまえ誰だ？」

目を開けた瞬間、捉えたのは黒いスーツ姿で、ギリシア彫刻のように彫りの深い顔が印象的な、ナイトサングラスをかけた男。冷たい感触は銃口だったようだ。

「あの……」

「華影忍はどこへ消えた？」

「それは、知りません。本当に……さっきまではいましたが……」

「隠すとためにならない」

股間をぎゅっと強く握られた。下腹部に鈍く重たい激痛が走り、溝渕はうめき声をあげかけたが、銃口《こう》を脳天につきつけられ、「声を立てるな」と囁かれたので、全身を強張《こわば》らせてどうにか堪えた。

「本当に何も聞いていないいんです……でも恐らくは女を抱きに……」

「女？」

「華影先生は女好きですから。たぶんどこかで女性と……」

「クソッ」

男はようやく股間から手を離すと、電話をかけ始めた。

「逃げられました。病室にいるのはべつの男です。これから手分けして当たっていきます」

手分けして、と男は言った。華影先生を追っているのは一人ではない。彼らが虱潰《しらみつぶ》しに街中を探して回るところを想像した。それはあまりに身の毛もよだつ想像だった。

男はそのまま通話しながら病室から出て行った。

足音がしなくなるのを確認してから、溝渕はスマホで華影先生に電話をかけた。

「もしもし？」

車のクラクションの音が背後から聞こえる。

「たったいま、男が来ました」

「凶器を持ってたか？」

「ええ。スミス&ウェッソン社のオートマチックピストルでした」

「なぜそんなことがわかる？」

「編集者は日々取材をしているんです。作家の代行取材もあります。いいですか、よく聞いてください。あのピストルは、殺し屋がよく使うものですよ」

「まあ、そうだろうな。ふつうの人間は拳銃に用なんかない」

冷笑するように華影先生は言う。「とにかく無事で何より。切るぞ」

「先生、気を付けてください。死んで道子さんを悲しませたりしたら、僕が承知しませんから」

「ふふ。まあおまえも殺されないようにしろ。ちょっとでも寝たらその間に眉間に穴が開けられるかも知れんぞ」

電話は切れた。殺されないように、と言われたって、どうしようもない。ここは病院で、鍵をかけて眠るわけにもいかないのだ。溝渕は布団を頭までかぶった。そして、祈った。もう誰も戻ってきませんように。それから少しだけ道子さんのことを考えた。道子さん、そろそろ無事に自宅に帰り着いただろうか？

「まったく、それもこれも全部華影先生が悪いのに……」

なんて人騒がせな先生なんだ。溝渕は大きく溜息をついた。布団の中で目を閉じる。だが、睡魔がやってくるはずもない。

仕方なく鞄からゲラを取り出すと、赤ペンを片手にチェックを入れ始めた。とどのつまり、編集者の精神安定剤は編集作業ということらしい。溝渕は苦笑しつつ、一行まるごと赤い線で消した。

3

「銀座の〈ＢＡＲ鏡花〉の前で降ろしてくれ」

電話を切った後、俺はタクシーを呼び止めて、運転手に行き先を告げた。

「かしこまりました」

運転手はタクシーを走らせる。誰かが俺を消そうとしているらしい。俺が事件を嗅ぎ回っていることに感づいたわけだ。嗅ぎ回られると不都合な人間がいたということでもある。

その人物があの事件を裏で操っているのか？

恐らくはそうだろう。あれは殺人だったのか。それも計画的殺人。だとすれば、当然その計画には、俺という存在も含まれていたのだろう。

問題は――どこで自分の存在が知られ、〈駒〉とすることに決定されたのか、だ。

仮に今回の一件がだいぶ前から練られたものなら、計画者は俺が自殺願望のある男だというのを知っていたのだろう。その人物が〈BAR鏡花〉に出入りしていた可能性はある。俺は店の常連客で、夜ごと死にたいと言っていた。溝渕のいない夜はとくに。そういった晩に俺の近くで飲んでいた者が、心中へと誘い出すべく俺の好みを調べ上げ、あの女を選んだ、というのは考えられる線だ。その場合あの女は何者かの操り人形なのか。

誰の――？

浮かんでくるのは、柳沼家の当主、水智雄だった。あの男が首謀者であると仮定してみよう。彼が、俺の存在を知り、自分の妹を心中に見せかけて殺す計画を立てたとする。どこかから俺の好みの女を調達してこなければならない。俺の好みを知ること自体は難しくはなかったはずだ。『がらてあ心中』には〈菜穂子〉という女の描写がたっぷりある。過去にインタビューで〈菜穂子みたいな女と死んでみたい〉と言ったこともあった。事実、昨晩の女の格好は、〈菜穂子〉が出会いのシーンでつけている衣装そのままだった。酔った俺が己の理想像としての〈菜穂子〉と目の前の女を重ね合わせるように仕向けるのは容易だっただろう。

それに、あの喋り方は……。

俺があの女に惹かれていったのは、〈菜穂子〉の喋り方にそっくりだったからなのだ。『がらてあ心中』を読んでいれば、〈菜穂子〉の喋り方を習得することはできるだろう。俺は作品のなかで、禁断の恋にふさわしい女を創出した。〈運命の女〉を。そして、神社にうずくまっていた女は、〈菜穂子〉の身なりや言葉づかいを真似ることで、俺に〈運命の女〉と思わせたようだ。

高校時代に懲りたはずの〈運命の女〉を、俺はまだ心のどこかで求めていたのだ。その願いを叶《かな》えるようにして、あの女が現れたことになる。

そのくせ、女の顔自体は〈菜穂子〉ではなく、柳沼水奈都という翌朝に死体となって発見される女に似せていたのだ。恐らく、最初の発見者となる旅館の女将や俺に、同一人物と思わせるために。

問題は、どこで水智雄が偽の〈柳沼水奈都〉を調達したのか。

まずは柳沼水智雄という人物について調査する必要がありそうだ。恐らく〈BAR鏡花〉の鏡花なら、その手の情報にも詳しいだろう。

鏡花はのんきに今日も煙草をふかしていた。店内は、相変わらず装飾過多で、薄紅の照明がそこに妖艶な雰囲気を漂わせている。

「あら、お帰りなさい。どう？　現世もそこそこ美しいでしょ？」

鏡花もすでに事件のことは知っているらしい。

「そうだな。あんたが三割増し美人に見える」

「それは心中に失敗した甲斐があったわね」

鏡花はころころと笑った。

「頼みがあってきた」

「でしょうね。でなきゃ渦中にいる人がこんなところ来ないもんね」

俺は座ると、ボウモア十二年のストレートをシングルで頼んだ。

「人を探している。あんた、政財界の人間に詳しいだろ？」

この女は四年前まではこんな銀座の外れではなく、銀座のど真ん中にある倶楽部《クラブ》でホステスをしていた。そこは政財界の人々の溜まり場となっていたらしい。

「まあ、詳しくないこともないけど」

俺はすぐに彼女の胸ポケットに五万円を忍ばせた。

「飲み代にしちゃ多いじゃない？」

「情報料だ」

鏡花はポーカーフェイスをやめて煙草を消すと、俺と自分のためにグラスを置き、ボウモア十二年を均等に注いだ。

「どんなことが知りたいの？」

「柳沼水智雄という男が、ふだんどのあたりに出入りしているか知らないか？」

「柳沼さんかぁ……そんな大きな魚の話を五万円でねぇ」

金をせびる気らしい。俺は彼女に顔を近づけた。あまり女として見たいタイプではない。美人ではあるが、化け物じみた香りがする。並みの修羅場を潜ってきたわけではなさそうだ。

「儲《もう》かってないのか？」

「今月厳しいのよ。この店、家賃高いから」

仕方なく俺はもう五万を胸ポケットに差し入れた。

「悪く思わないでね。あなたが追ってる人物はいろいろと危険な筋とも付き合いがある御仁なのよ。私だっておいそれとは触れたくない話題なんだから」

「そんなことは知ってるさ」

やれやれといった感じで溜息をつくと、鏡花は一度奥へ引っ込み、一枚の名刺をもって戻ってきた。

「ここに行ってごらんなさい。ただし、夜中の二時を過ぎてからのほうがいいわね」

黒い紙に金文字で〈夢想とネルヴァル〉とある。

「怪しい店名だな。なぜ二時を過ぎてからなんだ？」

鏡花は意味ありげに微笑む。

「もちろん、柳沼さんが来る時間だからよ。彼は前の倶楽部にも出入りしてたけど、必ず最後はその店に行くってもっぱらの噂だったわ」

「どういう店なんだ？」

「ふふふ、とにかくきれいどころを集めているナイトキャバレーよ」

「ほう、きれいどころをね」

そう聞くと、どこにでもありそうに聞こえる。だが、鏡花の言い方にはどこか含むところがありそうだった。

「そこは完全会員制なの」

「会員制じゃ中に入るのは難しいな」

「目の前にあるのが会員証には見えない？」

彼女が手渡した黒地に金文字のある紙。これが会員証であるらしい。裏返すと、たしかに会員ナンバー20445とあった。

「これはあんたのだ」

「誰とは問われないの。ああいう場所では互いに名前を伏せた関係を好む人もいるもの。もしも店で問題を起こせば、この会員証が取り上げられる。それだけのことよ」

それほど厳密な会員制度ではないらしい。

「……どうやって手に入れたんだ？」

「前に酔っ払いが置いて帰ったの。いつか使えることもあるんじゃないかと取っておいたってわけ」

鏡花はバーボンを飲み、また新たに煙草をくわえる。それから、俺のねじ込んだお札を取り出し、数え始めた。

4

東京の夜は長い。死の淵からよみがえってしまった者にとってはとくに。〈夢想とネルヴァル〉に向かう道中、俺は十回以上あくびをした。薬はそろそろ切れている頃だが、やはりまだ前日の異常な出来事の影響が身体に残っているのだろう。

道子のもとで眠りたい欲求が不意にわいてくる。もっとも、あの不機嫌な様子では左の乳房を貸してくれる可能性は限りなく低いが。

〈夢想とネルヴァル〉は、銀座から新富町《しんとみちょう》のほうへ向かう途中の、比較的閑静な道路沿いにある半地下の店だった。ゴシック建築の古めかしい洋館で、その外壁にはぎっしりと蔦《つた》が絡まっている。一階は服屋になっていて、こちらは〈幻視者とネルヴァル〉とある。どうやら下のキャバレーと同じ系列の経営らしい。

煉瓦《れんが》仕立ての仄暗い階段を下っていき、重たいドアを開く。途端に轟音《ごうおん》に包まれた。サラ・ヴォーンの「アルフィー」が最大ボリュームで店内を流れている。

俺の目は、舞台で踊る妖艶な堕天使に吸い寄せられていく。バレエとヨガを融合させたような不可思議な踊りが、無理なく音楽と調和している。その頭の天辺から足の爪先まで、じつに冴《さ》えわたっている。その動きは表現体自体を輝かせ、強い興味を引き起こした。

「いらっしゃいませ」

目の前に女が現れ、意識を舞台から引き離された。金髪を掻《か》き上げるときのしぐさが、若い頃のニコール・キッドマンを彷彿とさせる。

「会員証のご提示をお願いします」

俺は鏡花《いざな》から預かったカードを提示する。一瞬ちらりと目をやっただけで頷き、手を取り奥へと誘われた。

白金の壁に、大理石の床、ゆったりとした間隔で配置されたソファは金地の唐草文様が美しい。陰気な外観とは大違いのきらびやかな空間が広がっている。ただし、照明はあくまで仄暗さを保っており、ステージの上だけにスポットライトが当てられている。

堕天使は、光の中でなおも踊り続け、音色を可視の曲線に変えていた。

席に着くと、そこにはすでにバービー人形のような身なりをした女が俺を待っていた。どうぞ、と促されて俺はその向かいに腰を落ち着け、レッド・スタッグ・ブラック・チェリーのストレートをシングルで頼んだ。案内した女が俺の左隣に腰かけた。お酒を運んできたバービー人形風の女がジェミーと名乗り、席まで案内したニコール・キッドマン風の女がカオルコと名乗った。

「初めまして」

想像していたよりも低い声で、ジェミーと名乗ったバービー人形のような雰囲気の女が身を乗り出す。二人とも姿勢がよく、日頃からスポーツでもしているのか、引き締まった体つきをしている。

「あなたって絶対モテるでしょ？　こんなところ来なくてもいいんじゃないの？」

「美しい花園の前を素通りできるほど意志が強くなくてね」

すると二人は顔を見合わせて大笑いをし、「嬉しいわ」と喜んだ。ホステス相手のお世辞としては月並みの台詞を言ったつもりだった。彼女たちの反応の過剰さが気になった。それと二人の飲酒のピッチも。彼女たちが飲んでいるのは最近流行っているコカレロだった。入って十五分ほどの雑談のうちにグラスを空け、俺に二杯目の許しを乞う。店のノルマがあるのだろう。

その後もジェミーとカオルコはこちらを質問攻めにした。もちろん正体を明かせぬ俺には、まともに答えられる質問などあろうはずもなかった。

「自宅でできる仕事ってどんなものなの？」

ジェミーは俺の曖昧な回答になおも食いついた。

「いろいろあるさ。パッチワーク職人、農家、公認会計士……」

「でもどれもあなたの仕事とは違う」

「君の専属マッサージ師かも」

ジェミーは納得こそいかなそうだったものの、嬉しそうに微笑んだ。

店内をざっと見回す。柳沼水智雄の姿はまだない。さすがに妹の葬儀が終わるまではこういう場所への出入りは控えるのだろう。

俺はジェミーが席を離れた隙に、隣に座り俺の膝に手を置いているカオルコに声を落として話しかけた。

「一つ尋ねたいことがある。柳沼水智雄という男について」

カオルコの顔に緊張が走る。

「彼はいつもこの店に？」

「刑事じゃないでしょうね？　そういうのはお断りよ？」

カオルコは眉間に皺《しわ》を寄せる。整形手術をしているのか、皺のより方にやや不自然な感じが見られた。

「取引先なんだ。うまく取り入りたいと思ってね」

「職場は自宅だと言わなかった？」

「個人事業主ってやつだ」

「……だとしても秘密のやりとりはなし。彼はうちのお得意さんなんだから」

「わかった。諦めよう」

あまり強引にことを進めれば、早々に怪しまれる。まだその時ではなかった。それより、俺にはもう一つ確認したいことがあったのだ。

「しかし、この店はすごいな。柳沼財閥の当主が夢中になるだけのことはある。よくこれだけ美人ばかり集められたもんだな」

多少の整形はしているにせよ、単に美しいだけでなく、誰もが皮下脂肪の少ない、有機的な体形をしているところには、ストイックな魅力を感じる。しかも、その誰もが、長年あらゆる女を抱いてきたこの華影忍の目にも新鮮に映るのだから、まったく不思議だった。

「ママが目利きなのよ」

「なるほど。でも、美人というだけで入れるわけでもないだろ？　君たちは接客もうまい。何か試験みたいなのがあるのか？」

「試験？　それはたしかに厳しいわね」

「どんな風に厳しいんだ？　たとえば、身体に刺青を持っていたらどうだろう？」

「刺青？　ううん、オシャレでかわいい刺青なら問題ないかも知れないけど」

「背中はどうだ？」

「背中を見せろとまでは言われないわね」

「じゃあ、山羊の刺青がある女でも雇ってもらえるわけか」

カオルコは俺をまっすぐに見つめた。そしてゆっくり深呼吸をしてから、一気に二杯目のコカレロを飲み干した。

5

「女を探しているの？　それとも山羊？」

「両方さ」

あくびをかみ殺しながら、カオルコの胸の谷間に十万をねじ込んだ。彼女は笑ったが、何も知らないわけではないことは今のところの反応でわかっていた。

「……知らないわ」

数えもせずに札を腰のポケットにしまったくせに、嘘で守ることに決めたようだ。

「太腿にピンクの花の刺青のある女は？」

「あなた、さっきから聞く店間違えてると思うわよ？」

どういう意味だろう？　この店にはいないということか。だが、さっきの彼女はたしかに山羊の刺青という言葉に反応していた。

「とにかく、この店に山羊の刺青のある女なんかいない」

「なら、ほかの店の噂なんかで聞いたことは？」

「どこかのホステスにでも聞きなさいよ」

「柳沼水智雄と関係のある女なんだ」

「水智雄さんと？」

その声に嫉妬が交じっているように感じた。なるほど。どうやらカオルコは水智雄に気があるらしい。

「何でもいい。水智雄の周りにいる女の話を教えてくれ」

「さっきから言ってるけど、水智雄さんに女の話なんか……」

　言いかけてカオルコは口を噤《つぐ》んだ。

「思い出したか？」

「女と言って思いつくのは、一人だけ」声を落とす。「水智雄さんのことを想っている女を知っているわ。その女にタトゥーがあるかどうかはよく知らないけれど」

「ほう。どういう女だ？」

「何度もうちの店に来て、水智雄さんがここに通い続けるなら店を燃やすと脅してきて、一度なんか警察沙汰になりかけたこともあったわ」

「その女性の名前は？」

　腕を摑まれたのはその時だった。

　黒いスーツ姿にナイトサングラス。あの仮通夜の式場にいたボディガードの一人、うりざね顔が、いつの間にか俺の肩を摑んでいた。

「表へ出て少し話しませんか？　華影忍さん」

「いつから……」

「あなたがここへ入っていくのを見ました」

　カオルコは咄嗟に視線を背けた。この店で、水智雄がただの常連というに留《とど》まらぬだけの力を持っていることが窺い知れる。その側近とも言うべき人物の登場は、ここでの言動が水智雄に筒抜けになるということでもある。

俺はカオルコの唇を見つめた。カオルコは俯き加減のままで、ゆっくりその唇を動かした。

み、な、と

水奈都?

まさか——と思った瞬間、俺の腕はうりざね顔に引っ張られた。

俺はその腕を振りほどいて駆け出そうとした。ところが、それは叶わなかった。足を摑まれたのだ。俺は地面にうつぶせに倒れた。そして、起き上がりかけたところ、正面からボトルで顔面を殴られた。

意識は一瞬で闇に浸る。

そして、俺はまたしても病室で目覚めることになった。それも、今度は道子のいない病室で。

「わたしたちの将来を、祈りません？」

菜穂子が斯様《かよう》なことを云《い》ったのは、丑三《うし》つ時のことであった。尾崎が寝静まったのを待って、徳兵衛のいる倉庫に向かうと、彼はちょうど窓から月を見上げているところであった。

今宵《こよい》は月が綺麗《きれい》であるよ。

徳兵衛はそんなことを云いだしそうな様子で白い頬を青白く輝かせている。

「外に参りません？」

何故？　我は夜毎《よごと》にここでこうして祈っている。

「祈るのならば神社に」

人形を受け入れる神社があろうか。

「人形に恋した女を受け入れる神社とてありませんわ」

それから二人は笑い合う。少なくとも、菜穂子には笑い合っているのがわかる。徳兵衛と心が通い合っている。

向かったのは、豊岩稲荷神社であった。ここを訪れた者は結ばれるのだと、かつて銀座でホステスをしていた折に仲間より聞いたことがあった。

人気《ひとけ》のない境内に入り、徳兵衛を抱きしめたまま本殿に向かうと、徳兵衛が尋ねる。

それで、先日そなたの申していた〈手〉とは如何《いか》なるものであろうか。

「気になるです？　嬉《うれ》しい。近いうちに答えを出します。わたしが、どれほどに一途《いちず》なのか、生半可な想いでないことをお見せします。楽しみにしていてくださいね？」

楽しみなどと、不謹慎な……。

「うふふ、徳兵衛さんはときにわたしよりずっと人間らしいことをおっしゃる」

そなたがおかしいのだ。

その青白い頬が、月夜の加減か、赤く染まって見えた。

ますます、人間に見えてしまった。

そして、そんなことを云いながら徳兵衛の頬を撫《な》でるとき、きっと自分はいっそう人間らしくなくなっているのであろう、と菜穂子は考えた。

『がらてあ心中』抜粋

第四章　阻む手

1

「目覚めましたか？　華影先生」

俺のベッドの横で、うりざね顔のボディガードは優雅に煙草をくわえ、窓の外に向かって煙を吐いていた。ナイトサングラスをしなやかな指で持ち上げる。

「ここは――」

「水智雄さまの専属医の病院です」

「俺は助けられたのか」

「我々はやくざではありませんからね」

妻のとなりでなければ眠れない男に、安眠まで提供してくれたのだ。やくざどころか善人かも知れない。

「殺せばよかったのに」

「人の命を奪うのは罪人のやることです。相手が私でまだよかった。ほかの連中は血の気が多いですし、水智雄さまのためなら邪魔者は徹底排除する主義の者もいますからね。私は穏健派です。しかし、これ以上あなたが水智雄さまの周辺をうろつく気なら、あなたをこの世から抹殺することも辞しません」

「そこまでしてご主人様を守りたいわけか。俺は被害者だ。よくわからんうちにあいつの妹と死のうとしていたということにされてしまったんだからな」

「言い訳は見苦しいですよ。あなたは水奈都さまと心中し、失敗して一人だけで死なせ、のこのこと生還したのです。被害者は水智雄さまのほうです」

「笑わせるな」

うりざね顔は、俺の鳩尾《みぞおち》にナックルダスターをつけた拳をめり込ませた。思わず、呻き声を漏《も》らした。

「約束してください。二度と水智雄さまの前には姿を見せない、と。約束が破られたときは、あなたの命を私が預かることになります」

うりざね顔は拳銃をちらつかせた。初めて間近で見る実物には、生命の危機を感じさせるに十分な迫力が備わっていた。

「教えろよ、水奈都はなぜ消された？　水智雄の闇取引でも暴かれたのか？」

「口数が多いですね」

拳銃のハンマーを引き起こす。仕方なく俺は黙った。

「怖いのは私だけだと思わないでくださいね」

「あんたは偉いのか？」

「ボディガード兼相談役といったところです。具合がよくなったら、自由にお帰りください。出口はあちらです」

「覚えておこう」

うりざね顔は出て行った。そしてドアを開け、振り返るとにっこりと笑った。

「なかなか寝顔はかわいかったですよ。ごきげんよう」

ドアが閉まる。

「死ね」と吐き捨てつつ、起き上がった。身体が軽い全身打撲を負っているらしく、ちょっと動くだけで痛む。やれやれ。

だが、報酬多き一日だった。強制的に与えられた睡眠もその一つに入れていいかも知れない。

さて今日は本来の俺の退院予定日だ。いったん病院に向かうか。

スマホを確かめると、着信が三十件以上ついていた。自宅と溝渕からほぼ交互に。画面上には、現在の時刻が表示されている。13：10。退院はたしか昼を予定していたはず。電話がくるのも無理もない。急いで飛び起き、ぼろぼろの身体を引きずりながら靴を履きかける。何か、足の裏に違和感があった。俺は靴下に手を入れた。小さな紙片が踵《かかと》の辺りに入っていた。それを広げ、内容を確かめてから、病室を出た。

すぐにタクシーに乗ろうとすると、電話が鳴った。溝渕からだ。通話ボタンを押すと、鼓膜を破るような大声が返ってくる。

「どこにいるんです！」

「どうした、豚の大群にでも追われているような声をだして」

「二十分後に会議があるんですよ」

「なら早く会議室に向かえよ」

「眼鏡がありません」

「銀座まで眼鏡をとりにくるか？」

「銀座？　ひどい！　今からそこまで行っていたら間に合いません」

左手にライオンビヤホールの看板が見える。どうやらここは七丁目のようだ。

「もっと早くに連絡を寄越せばよかったんだ」

「三時間前から連絡してますよ！」

「寝てた」

「でしょうね。まあ生きていてよかったですけど」

「このタイミングで死ねば、多少重版がかかるかも知れんぞ」

「馬鹿なこと言ってないでください！　それより、タクシーを飛ばして二十分以内に出版社の前に来てもらえませんか？　そこで眼鏡を受け取ります」

「眼鏡ならないぞ」

一瞬沈黙ができたのち、溝渕は素っ頓狂な声を上げた。

「ない？　ど、ど、どういうことですか！」

「消えてしまったようだ」

ポケットのなかに眼鏡はあることはあったが、昨日倒れた瞬間に割れたようだった。

「消えたって！」

「買って返す」

「フランスまで買いに行ってくれるんですか？」

「やぶさかじゃないね。それより、ちょっと探偵ごっこに付き合わないか」

「はい？　ちょっと何言ってるのかわからないんですけど！　今から会議があるって言って

るじゃないですか！」

「会議の後で構わん」

「どこへ行く気ですか？」

「もう一度旅館へ向かう。俺一人で行けば絶対嫌な顔をされるからな。おまえに同行してもらいたいんだ。三時に上野駅で落ち合おう」

電話を切ると、俺は〈藪沢《やぶさわ》リベラル社〉を訪問することにした。靴下の中から出てきたのがそのメモだったのだ。恐らく、昨夜カオルコが、倒れた俺を担ぎ出す素振りで入れてくれたのだろう。スマホをしまい、タクシーに乗り込んだ。

俺の顔を見て、一瞬おや、という顔になる。見ず知らずのタクシーの運転手にまで素性が知られているとは、たまには心中もしてみるものだ。

「話題の作家を乗せられるとは運がいいね。今夜は素敵な女を抱けることを約束しよう」

「かみさんのことかな。どちらへ向かいます？」

「水道橋《すいどうばし》へ」

かしこまりました、という返事とともに、ドアが閉まり、タクシーは音もなく走り出した。揺らめくような日差しが、いつまでも俺を追いかけて照らし続けた。

2

「柳沼水奈都について？」

ブラインド越しに入る日差しが、男の汗ばんだ額を輝かせていた。

「カオルコがあんたに聞け、と」

一か八かでそう切り出すと、〈藪沢リベラル社〉の藪沢という男はすぐに溜息をつきながら、応接室に通してくれた。〈藪沢リベラル社〉はきわめて小さな会社だった。カウンバー並みの面積しかないオフィスに、社員十名がデスクを並べてひしめき合っている。その最奥にある半畳ほどしかない空間で、俺と藪沢は膝を突き合わせていた。

藪沢は筋肉質なタイプだった。会社ではこわもてで通っているようで、社員たちが背筋を伸ばして召使のような態度で彼に接することからも暴君であることが窺い知れた。極端に汗かきなのか、やたらとハンカチで顔を拭う。それから陽光を追い払うべく、ブラインドを半分ほど閉めた。

「礼儀がなってねえな、あんた」

「そういう社会構造からはとっくに離脱してるんでね」

「自由業者か？」

「不自由ではないな」

　小さく舌打ちをした後、声を落として藪沢は尋ねる。

「とにかく、カオルコの名はここでは出さないでくれ。それで、水奈都について知りたい、と？」

「というか、まずあんたと柳沼水智雄の関係について」

「……水智雄と俺は幼馴染さ。だが今じゃ口もきかない」

「なぜだ？」

「あいつがクソ野郎だからだ」

「あんたと俺の利害が一致していることはよくわかった」

　その言葉でようやく藪沢は俺と対等に話す気になったようだった。

「ほう、水智雄の敵か。だが、復讐を狙っているなら相談には乗れないぜ。柳沼財閥に近づくほどこっちは命知らずじゃない」

「ただ真実を知りたいのさ。彼の女性関係について。カオルコは水奈都がストーカーのように兄の行動を監視していたと言っていたが？」

「死人のことをとやかく言うのは趣味じゃねえ」

事件のことを知っているようだ。

「他言はしない」

「水智雄を監視してたのは本当だ。水奈都は昔から傲慢で、わがままで、なんでも自分の思い通りにならないと気が済まない女だった。自分の身内についても徹底管理しておきたかったんだろう。厄介な女さ。水智雄を異性として意識していた」

カオルコの言っていたエピソードとも一致する。だが、もう少し確証がほしいところだ。

「何かそれを思わせることでもあったのか？」

「水智雄のお気に入りの女子に因縁をつけて遠ざけたことがあった。その後もその子が退学するまで執拗《しつよう》に彼女にまとわり続けた」

「水智雄はそれをどう思っていたんだ？」

「そりゃ、煩わしく思っているようではあったな。だが、実の妹だ。邪険にはできない。それに、もともとはかわいがっていたわけだからな。自分を異性として見ていることがわかってから慌てて冷たくしたって、相手にしたらもう遅いってなもんだ。その後も水奈都は水智雄にまとわりついていたようだな。風の便りに水智雄が無事に婚約すると聞いたときは驚いたくらいでね」

柳沼邸で出会った婚約者のアリサが思い出された。兄に執着していた水奈都が、アリサとの婚約に何も言わなかったなんてことがあるだろうか？　水奈都は水智雄にとって婚約のための大きな壁だったはずだ。邪魔な水奈都を消した可能性はないだろうか？

「柳沼水奈都のことはだいたいわかった。もう一つ聞きたいことがある」

「業務中だ。もう勘弁してくれ」

うんざりしたように藪沢は言いながら、扇子《せんす》を広げて煽ぎ始めた。それから扇風機をつけた。

「太腿にピンクの花の刺青をもった女、と聞いて聞き覚えはないか？」

「タトゥーだと？」

「それと、背中には山羊の刺青も」

「わからんな。太腿なんてふだんは人目に触れる部分じゃねえしな。背中なんかもっとだろ」

「噂でも構わない」

「聞いたことがない。重要なことなのか？　ん……もしかしてあんた、水奈都と心中した……」

言いかけてから藪沢はようやく合点のいった顔になった。

「あんたハメられたわけか」

「誰かが体よく柳沼水奈都を死なせたかったんだろう。心中相手を求めている小説家は格好の餌食だったわけだ」

「ふははは、違いない。すると、画策したのは水智雄だな。だが、奴が一人で動いたとは思えない。これまでだって水奈都は厄介には違いなかったはずだからな。いくら結婚が控えているとはいえ、身内を死なせたりはしないさ。そんなことをすれば婚礼の日取りを延ばさねばならなくなるからな」

今回の水奈都の死によって水智雄の結婚は延期となったのか。

となると――結婚するために水奈都を殺したわけではないのか？

「なるほど。ほかに誰かがいるわけか。恐らく水智雄と繋がりのある人物で、二人は都合の悪いことを水奈都に嗅ぎつけられたのかもしれんな。奴にとって都合の悪いことが何かあるのか？　クスリか売春にでも手を染めていたのか？」

一瞬頭に浮かんだのは違法ポルノ産業のようなビジネスだ。近年、闇組織の大いなる収入源だと聞いたことがある。大企業が陰でそうしたビジネスに手を染めていれば、それを知った水奈都が煙たがられた可能性はある。

「そりゃいろいろあるだろうな。たとえば、あんたはすでにその一つを確実に摑んでるんじゃないのか？　あの店を探り当て、俺にまでたどり着いた」

「……どういう意味だ？」

俺の問いに、反対に藪沢が顔をしかめた。

「まさか……気づいていないのか？」

「何をだ？」

藪沢は意味ありげに黙り、「自分で考えろ」と言った。まさか、〈夢想とネルヴァル〉自体が違法ビジネスの片棒を担いでいたということか？

「まあそれはさておき、そのタトゥーの女——怪しいな」

「本当にタトゥーの女に心当たりはないのか？」

すると、しばらくじっと考えてから、藪沢は眉間に皺を寄せつつ、顔を近づけて小声で言った。

「ないことはない。だが……」

「どんな小さなヒントでも構わない。こっちは芋の蔓《つる》にでもすがりたい心境なんでね」

「……一瞬しか見なかったから山羊かどうかはわからん。ただ、化け物みてえな気味の悪い刺青をした女なら知ってる」

「誰なんだ？」

わずかに溜めを作ってから、藪沢は勿体《もったい》ぶって答えた。

「柳沼水奈都だ」

「ちょっと待ってくれ……いや、だから彼女は別人で……」

言いかけて俺は藪沢の顔をじっと見つめた。その目に嘘がないことがわかった。

「本当なのか？」

「まだ仲が良かった頃、水智雄の家に遊びに行ったら、妹がシャワールームからバスタオル巻いただけの格好で出てきたことがあってな。あまりいい体験じゃなかったがな。気色悪いタトゥーだった」

「そんな馬鹿な……」

俺と心中したのは柳沼水奈都本人だったというのか？

思い出す。

心中しようとした女の顔。そして、翌日、磯山が見せた写真をもとに頭のなかでメイクを重ねていった時のこと。あれはどう考えても別人だったはずなのだが。

酔っていたから、明瞭にイメージが再生されていないのか？

ではあの大手銀行に勤めていたという彼女の語った経歴はどうなる？　それ自体が嘘だったのか？

俺は――はじめから存在しない女を追いかけていたのか？

深紅のスリップドレスが脳裏に浮かぶ。

菜穂子。

酔った俺の頭は、目の前にいる水奈都を、勝手に脳内で虚構の存在である〈菜穂子〉に変換し、理想の女を創り出していたのか。みずからの虚構のために、そのディテールをねつ造してしまったというのか。

「顔色悪いぞ？　おっと、こんな時間だ。そろそろ仕事に戻らせてもらうぜ。悪いな」

藪沢が立ち上がると、ソファから埃がふわりと舞い上がった。

俺としてもこれ以上の長居は無用だった。

「邪魔したな。だが、助かった」

「そりゃよかった。二度と来るなよ」

「せいぜい祈っておいてくれ」

3

藪沢の会社を後にして、駅前の喫茶店に入っていると、磯山刑事から電話が入った。

「どこにいるんです？」

「もう退院の時間は過ぎてる。どこにいようが俺の自由のはずだが？」

「びっくりしましたよ。ロビーで待っていたら、編集者の方が出てきて、華影先生はすでにいないと仰る」

「昨夜の仮通夜のときに捕まえればよかったのさ」

「逮捕案件ではありませんから。ただ、お伝えしたいことがあったので。あれから私もいろいろ調べさせてもらいましたよ」

「何をだ？」

「死んだ柳沼水奈都と、先生が一夜を共にした女が別人であるかどうかです。重要なことですよ。自死をした女の隣で眠っていた男性が、本当はべつの女と夜を共にしたはずだった、となれば、何らかの事情で心中の体裁をとらされたことになりますからね」

「それで？　何か新事実でも？」

「いいえ。あの晩、あの旅館には先生と柳沼水奈都がチェックインしていますし、ほかにあの部屋に出入りした者はいないという女将の証言が取れました」

「そんなはずは……」

「先生が認めたくないお気持ちはわかります。一夜とはいえ愛した女性には生きていてほしいでしょう。しかし、あなたは酔っぱらっていた。女将の言葉とどちらを信用すればいいでしょうね？」

磯山が乾いた笑い声をあげた。彼の報告は、いまの俺には自分のこれまで信じてきたものが虚像だったことの証明材料にしか聞こえなかった。

やはり、はじめから俺は幻を追いかけていたのだ。

「聞きましたよ。〈夢想とネルヴァル〉にも現れたのだとか。刑事の真似事をなさっているようですね。あまり感心しません」

「心中相手に死なれて気が触れただけだ。気にするな」

磯山はかなり正確に俺にまつわる情報を収集しているようだ。水智雄が俺を動き回らせるなと警察に圧力をかけているのだろう。

仮通夜の席で俺が動いている理由を知った磯山は、先回りして調査し、妄想で変な行動を起こすなと俺を諭しているわけだ。

「そんなことより、教えてほしいことがある」

「教えられることなら」

「俺と心中した女だが、彼女の太腿にタトゥーがなかったか？」

「それはご自分の記憶に尋ねたらいかがです？」

「思い出せないから聞いてるのさ。このままじゃマスターベーションのネタにもできない」

「不謹慎な人だな。太腿に？　それは記憶が不確かですね。でも、背中にはありましたよ。

不気味な黒い山羊が。華影先生もご存じだとは思いますが……。もしもし？　それで今どこに――」

俺は電話を切った。すぐにまたかかってきたが、俺が再び通話ボタンを押すことはなかった。

柳沼水奈都が山羊のタトゥーをしていたというのなら、俺が口説いた女は柳沼水奈都本人だったのだろう。そして彼女は死んでしまったのだ。

俺は虚像をずっと追い求めていたのか。

急速に脱力感に襲われた。ぐったりした気持ちに鞭打って立ち上がり、勘定を済ませる。会計をしてくれた小太りの店主が薄ら笑いを浮かべた。事件を知っているのだろう。明らかな嘲笑の気配を感じる。

「あんたの心中相手は自分の脂肪らしいな」

男はぽかんとした表情を浮かべていた。俺はレシートを受け取り、店から出た。一本の電話が鳴ったのは、まさにそのタイミングだった。女の声が、俺に告げる。

「私よ、わかる？」

その声は――。

思いがけない相手。だが、秘かに連絡を期待していた人物でもあった。

4

放心したままタクシーに乗り、上野駅を目指す。

夏の午後は、なるべく車か建物の中にいたい。街ゆく人を見ていると、よくこんな炎天下を歩く気になるものだと改めて都会の人間について感心し、また呆れもした。

先ほどの電話については、電話を切った瞬間に頭から消えていった。

この二日ばかりの行動を思い返し、身体が休養を求めているのを感じる。日頃は執筆くらいしかやることのない男にとって、昨日今日の運動量は明らかに常軌を逸していた。

それもこれも、空を摑む、無駄な作業だったのか。

上野の旅館〈月ノ屋〉に着いたのは、三時ちょうどだった。タクシーから降りると、眼鏡をかけていない溝渕がやってきて俺を見つけた。

「どうしたんですか？　昼間の幽霊みたいな顔をして」

もっと怒っているかと思ったが、溝渕はすでに怒りを忘れたのか、それとも眼鏡をとると怒っていない顔に見えるだけなのか、とにかくあどけない少年のような顔で尋ねた。

「昼間の幽霊を知っているのか？」

「知るわけないじゃないですか」

「旅館の前で待ち合わせをしておいてこんなことを言うのも気が引けるが、もう旅館に行く必要はなくなったかも知れん」

「……どういうことですか？」

「俺の勘違いだったようだ」

「え、勘違い？」

仕方なく、俺は昨夜から今日にかけての自分の行動と藪沢のところで得た情報と磯山刑事からの電話の内容を溝渕に伝えた。溝渕はふむふむと聞き、「じゃあやっぱり柳沼水奈都は一人しかいなかったってことですか……」と言った。俺はそれに力なく頷き返した。

「はじめから柳沼水奈都と心中して、俺だけが死に損なっただけの話なのかも知れん。これ以上深入りする意味がわからなくなった」

「……いいんですか、それで」

「いいも悪いもないだろう。俺が探し求めていた女はとうに死んでいるわけだからな。しかも調べていくうちにそれほど魅力的な女でもないらしいことがわかってきた。要するに魅力的に感じたのは酒の力だったわけだ。結論、酒は恐ろしい。俺はしばらく酒を断つよ」

「そうですか。酒を断つのはよいことです。頑張ってください。でも……ちょっと待ってくださいよ、ならどうして僕は命を狙われたんです？　あの病院へやってきた男は何者ですか？」

「ボディガードたちが柳沼家の体裁のために勝手に動いてるんだろ」

「体裁？」

「妹の自死ってだけでも醜聞なのに、心中するはずだった死に損ないの小説家が事件を蒸し返して柳沼家の周辺をうろつけば、マスコミがあらぬ勘繰りをして面白おかしく記事にするかも知れない。そうなれば、企業イメージがいくらか傷つけられることにもなるだろうし、裏でやっている違法ビジネスなんかのことも勘繰られたりするだろう。だから、奴らは躍起になって俺に釘《くぎ》を刺そうとしていたんだ。〈夢想とネルヴァル〉で不当な追い出され方をしたのも、あの店自体が秘密の存在で、マスコミに知られたくないからだろう」

それが何故なのかは、しょうじきまだよくわからない。どこにでもあるキャバレーに見えたのだが——違うのか？

「……でも納得がいきませんよ。今さらそんな……」

溝渕は俺の両腕を摑んで行く手をふさぐ。

「なんでおまえが食い下がるんだ？　おかしいだろ、これは俺の事件だった。そして俺が自分で幕を引くと決めたんだ。今度はおまえが止めるのか？」

「納得がいきません。柳沼家の人々が何かを隠しているのは確かなんです。そうでなければ、こんなにも華影先生の行動を監視しようとはしません」

「いつの間にか宗旨替えしたようだな。何があった?」

「ついさっき、会社から連絡先を聞いたと言って、晴恋《はれこい》出版社の編集者と偽る人物から電話がありました。華影先生の行きそうな場所を教えてほしい、と。知らないと答えたら不満げに唐突に電話を切られてしまいましたが」

「なぜ編集者じゃないとわかる?」

「晴恋出版には知り合いが大勢います。けっこう編集者同士って横のつながりがありますからね」

「しつこく水智雄が部下に追わせているのさ」

「単に面子《メンツ》を保つためにしては、度が過ぎた追跡な気がしますね」

溝渕は、ない眼鏡をくいっと指で押し上げようとした。眼鏡がないことに遅ればせながら気づき、怒りを思い出したように俺を睨みつける。

「わかった。おまえがどうしてもと言うなら、ひとまず旅館に行ってみよう。女将から情報を聞き出してみようじゃないか」

本当なら俺は死んでいて存在していないはずの今日なのだ。溝渕の意思に従ってやろう。

俺はそのあとには続かずに背中に語り掛けた。

「じゃ、頼んだ」

「え？」

「駅の近くのカフェにいるから」

「ど、どうして一緒じゃないんですか！」

「旅館に迷惑をかけた身だ。行ってもいいことはないさ。一点、確認してほしいのは、鍵のことだ。この旅館はオートロック式だ。俺たちが発見されたのは翌朝の十一時、チェックアウトの時間だった。鍵は室内にあった。つまり、完全な密室だったわけだ。そんな状況下で、外部の人間が入り込む余地があるのかどうか」

「もしも殺人なら、かならず穴があるはずですね」

「万が一にも、俺が一緒にいた女が水奈都ではなく、俺が犯人でないならば、そういうことになる」

俺が幻を愛したのでなければ――。今ではその可能性はきわめて低くなっている。調べる意味があるのかもわからなかったが、溝渕は力強く頷いた。

俺は溝渕の肩を叩くと、また路上でタクシーを拾った。

「駅はすぐそこなのにタクシー使うのやめたほうがいいですよ」

「こんな暑いのに歩けるか」

「そのうち歩けなくなりますよ」

「そのときはおまえが背負え」

俺はタクシーに乗り込み、手をひらひらと振った。それからタクシー運転手に、その先の〈ホテル・キャンドル上野〉へ向かうように告げた。

溝渕と合流する前に、一件の電話があった。電話の主は、水智雄の婚約者、アリサからだった。いま、彼女は〈ホテル・キャンドル上野〉のカフェ・ラウンジで待っている。どうやら、伝えたいことがあるようだ。

5

「まったく、あの人はなんでああなんだ」

溝渕はぶつくさ言いながらも旅館の扉を開いた。

女将がすぐに出迎える。と言っても、溝渕は目が悪いからそれほどはっきり顔が見えているわけではない。基本的に本の世界にしか興味がないから、あまり困らないのだ。

「いらっしゃいませ。お一人様ですか？　ご予約は？」

「いえ。実は、僕は出版社の編集者でして。いま、都内の名旅館二十選という特集を組もうとしているんです。それで、こちらの旅館がいいのではないかと思いまして」

咄嗟にしては我ながらよくできた嘘だった。こういえば怪しまれずになんでも話してくれる。そんなうまくいくわけがない、とも思っていたが、意外にも溝渕の思惑どおりに進んでいった。

「あら、嬉しいわ。なんでも取材してくださいな。傍《はた》迷惑な事件が起こったばかりですもの。厄除けが必要だわ」

「なるほど。でもその前に、その〈傍迷惑な事件〉のことも少しお尋ねしていいでしょうか?」

「……まさかあなた、うまいこと言ってただ事件のこと聞きたいだけじゃないでしょうね?」

「とんでもないです。旅館の特集ページは本当に作ります」

あとで雑誌部の人間に掛け合ってみることにしよう。東京の旅館を掲載する企画くらい、どんな雑誌でも作れるはずだ。

「ですからそのためにもはっきりさせておきたいのです。あの晩、本当にあの女性は自殺だったのでしょうか? 殺人事件の可能性はないのですか?」

「わかりませんね。そんなことが重要なんですか？」

「ええ。うちの編集長が気にするんですよ。自殺ならどこのホテルでもあることですし、掲載に問題はないんですけど、他殺のあった旅館だと扱えないって言ってましてね」

「なんだ、そういうことなの。朝、お客様がお帰りになるはずの時間になってもフロントに現れないから、私が部屋の鍵を開けて中に入ったんです。あの作家先生が犯人じゃないなら、自殺で間違いないでしょうね」

「心中した二人とチェックインした二人は、たしかに同一人物だったんでしょうか？」

「それ、刑事にも同じことを聞かれたわ。同じよ」

溝渕はとっさに思いついて、鞄から書籍を取り出し、その装丁を指で示した。それは、溝渕が担当した、間もなく発売になる予定の本だった。そこには和装の女性が映っている。道子さんに雰囲気が似ていることが、ひそかな採用の決め手だった。それから溝渕はいつも隠し持っている道子さんの写真をその隣に並べた。

「この二人、同一人物に見えますか？」

「同じ女の人でしょ？」

「……ありがとうございます」

この女将は視力があまり良くないらしい。証言はそれほど信憑性《しんぴょうせい》が高くなさそうだ。

「ちなみに、二人以外に事件のあった部屋に出入りした人はいないのでしょうか？」

「誰も目撃していないわ」

「でも、目撃していないだけで、不可能ではない？」

「フロントから通路がまる見えなんですよ？　不可能でしょう」

「でも、フロントにずっといるわけじゃないですよね。ときどきは奥に引っ込む」

「……それはそうですけど。でも、オートロック式で、内側から鍵がかかっているのよ？」

「その部屋の鍵は全部でいくつあるんですか？」

「フロントには合鍵が一つあります。でも、それはスタッフ全員の目が届く場所にありますから、こっそり誰かが持ち去るなんて難しいです。うちはそんなに部屋数が多いほうじゃありませんしね。鍵がなくなればすぐにわかりますよ」

「つまりフロントの合鍵は発見時まで使われた形跡はなく、もう一つのゲスト用の鍵のほうは、室内にあった、と。でも、オートロックなんですよね？」

「そうですけれど？」

「たとえば、中にいた人間が招き入れた場合、殺して出て行く時には、鍵は必要ないんじゃないでしょうか？」

オートロックならば、中に入ることさえできれば、出て行くのに鍵は要らない。

「でも来訪者があればフロントの前を通るからわかるはずですよ。たとえ奥に引っ込んでいても、エントランスの扉が開けばベルが鳴りますし……」

「来訪者ではなく、ここの宿泊客だったとしたら？　たとえば隣の部屋に泊まっていれば、フロントスタッフが五分ほど席を外した隙に隣室に招かれて入ることは可能でしょう」

「宿泊されているお客様が、どうしてべつのお客様のお部屋に訪ねていくんです？」

「訪ねていく理由があったからでしょう」

溝渕は華影先生が寝た後のことを考えていた。華影先生さえ薬で眠らせてしまえば、そのあとに人を呼ぶことは可能だっただろう。

問題は、何と言って呼び出したのか。

これは聞き方を変えなければ無理だな、と思った。そこで、溝渕は鞄を漁り始めた。

「一つだけ確認したいことがあります」

「まだ何か？」

溝渕は鞄のファイルから写真を取り出した。それは、さっき会社でネット検索して印刷した柳沼グループのホームページにある柳沼水智雄の画像だった。

「事件のあった夜、この男性を見ませんでしたか？」

作られた反応を期待していた。もし水奈都の死に第三者が関わっているとしたら、華影先生の行動をけん制する様子から考えても、水智雄の線はまず真っ先に疑ってかかるべきだと思った。そして、もし水智雄による計画的犯行であるなら、この旅館自体が水智雄の息のかかった施設であろう、と。

ところが、女将は驚いた顔こそしたが、取り繕ったり、何かを隠そうというような様子は微塵《みじん》も見られなかった。

「知ってます、知ってます。この方ならあの夜いましたよ。たしか——ああそうそう心中のあった隣の部屋だったかしらね。早い時間にシックな正装の女性がチェックインして、その男性のほうはずいぶん遅くにいらして、遅すぎたせいか女性は先に帰ってしまったみたいでしたけど。この方がどうかしたの？」

「宿泊帳簿を見せてもらうことはできますか？」

「やあね、やっぱりあの事件の取材なんじゃないの。そういうのは守秘義務があるのよ。ダメよ」

いま泊まった部屋すら仄めかしたくせに、と思ったが黙っておく。

「……わかりました。では今から言う人物の名があったかどうかだけ確認したいんです。柳沼水智雄」

「やぎぬま……」

彼女は宿泊名簿を見ながら目を細める。

「ないわね。そんなお客様は泊まっていません」

偽名で泊まっていたということか。つまり、彼はあらかじめ犯行を計画していたからこそ偽名を使ったということだろう。

わからないのは、彼ほどの地位にある男が、なぜわざわざ自分の手で殺そうなどとしたのか、ということだ。彼には周囲に部下やボディガードもいるというのに。そんな危険を冒す意味がわからない。

それとも――誰にも知られたくなかったのか……。

溝渕は女将に礼を言って外に出ようとした。

「ちょっとあなた、本当に雑誌に載るの？　まだ何も案内してませんけど？」

「〈月ノ屋〉さんは有名ですから、すでにいくつもネットでレビューは目にしていますし、ホームページも拝見しています。また撮影など具体的な日取りが決まりましたら連絡させていただきます」

「あらそう？　じゃ、楽しみに待っていますね」

溝渕は旅行雑誌のデスクに話を持ち掛けてみようと思った。何とかなるかも知れない。ぐさぐさと良心が痛むが、これも真実を調査するためだ。仕方のないこと。それより、早くこの問題から華影先生を引き離し、執筆に集中させてやらねば。

　同時に浮かんできたのは、道子さんの顔だった。この一件が片付いたら、華影先生はあの人のもとに帰ってくれるのだろうか。そうであってほしい。あの人の悲しい顔はこれ以上見ていたくないから。

　華影先生に電話をかけた。

「ん……もしもし？」

「その声、完全に寝てましたね」

「濡れ衣だ」

　嘘だろう、絶対に寝ていた。

「どこにいるんです？」

「どこでもいいだろ。もう終わったのか？」

「ええ、まあ。どこへ行けばいいんですか？」

「迎えにいく。天啓が降りた」

「天啓？　それは楽しみですね。こっちもそれなりに収穫が……って、もしもし？　もしもし？　ああ、切れてる」

　しかたなく溝渕は旅館の門の前でしばし待つことにした。タクシーは一分と経たぬうちに現れた。ドアが開き、中に乗り込むと、華影先生が出迎えた。

「ひとまず、水智雄を脅す算段をつけよう」

先生は、物騒なことを言ってニヤリと笑った。

6

「それで、収穫があったらしいじゃないか？」

俺はあくびを一つしてから溝渕に尋ねた。タクシーの運転手が行き先を気にしたので、とりあえず周辺をぐるっと回ってほしいと告げた。

「ええ。とんでもないことがわかりましたよ」

実際のところ、まだ溝渕からの報告を聞きたい気分ではなかった。溝渕から電話がかかってきたとき、俺はアリサと接吻をする直前だったのだ。あの電話さえなければ、彼女は俺にすべてを委ねていただろう。そうすればもっといろいろなことが明快になったはずなのだ。

〈ホテル・キャンドル上野〉のカフェ・ラウンジにいたアリサは、袖の部分とスカートの膝下部分がレース生地になっている黒のワンピースを纏っていた。レース生地の下から透けて覗く白い肌が艶めかしく、無駄に露出を激しくしない分だけ挑発的に感じられた。

彼女は人目を忍ぶように大ぶりのサングラスをかけ、微かに周囲を窺うような仕草をしていた。

——変装のつもりか?

——慣れないコンタクトで目が少し腫れているだけです。あなたこそここに来るまで誰にも……。

——大丈夫だ、誰にも尾行はされていない。

俺が告げると、安堵《あんど》したようにレモネードをストローでゆっくり吸い上げた。それから、自分の名前が漢字で亜理紗《ありさ》と書くことを、秘密でも教えるようにそっと語った。

——まさかそれが俺に教えたかったことか?

だとしたら完全にデートだ。そう考えながら、俺はブラックニッカのハイボールにエスプレッソを注ぎ入れた。白い泡がグラスのてっぺんまで膨張してきた。

——違いますわ。あの兄妹《きょうだい》のことです。

——柳沼兄妹か。

——声が大きくってよ。私との婚約は、水智雄さんにとってカムフラージュでしかないのです。

——兄妹で愛し合っていたとでも言うのか?

俺の単刀直入な指摘に、亜理紗は少なからず驚いたようだった。が、すぐに取り澄ました表情に戻る。

――はっきりとは言えませんわ。ただその可能性があります。

――根拠は？

――水智雄さんに対する水奈都さんの執着。それと、水智雄さんが私をまったくのお飾りとしか考えてらっしゃらないことです。

一方的なストーカー気質と思っていたが、水智雄のほうでもまんざらでもなかった可能性もあるのか。

――なぜそれなのに婚約を破棄しない？　金が目当てか？

その言葉に反応して亜理紗はムッとしたのか、口を尖らせた。

――怖い顔をすると女っぷりが上がる。

俺はハイボールのエスプレッソ割りに口をつける。マイルドな苦さが夏の暑さを退けた。

――運命に任せることにしたんですの。何も起こらなければ、水智雄さんと結ばれることが運命でしょうし、そうでなければ、きっと別の運命が颯爽《さっそう》と舞い降りて私を連れ去ってくれるでしょう。

その目が、俺を誘っているのがわかった。〈運命が〉という言葉が、とりわけ俺を惹きつけた。かつて〈運命の女〉を失い、今も虚無感に囚われ続ける男にとっては、あまりに甘美な台詞だ。

——とにかく、そういう兄妹だから、あなたが利用されたんじゃないか、と最初から私は疑っていたんですの。あなたもそう思っているから、柳沼家に近づくのでしょう？

俺は曖昧に頷いた。

——かつては愛し合っていた兄妹。けれど、社長になり大財閥の当主として生きる水智雄さんにとって、いつまでも自分に想いを寄せる妹は邪魔な存在。それで、あなたの一夜限りの相手をするようにけしかけ、旅館で待ち伏せておいてあなたを眠らせてから部屋に侵入して水奈都さんを殺す。

——なぜ水智雄がそんなことをけしかけるんだ？　それに、そんなに兄に一途な女が、いくら兄に言われたからとはいえ、俺との情交に応じるというのも想像しにくい。

——性的な快楽を伴うゲームだと言ったのかも知れませんわ。

——なるほど。ほかの男に弄《もてあそ》ばれているところが見たい。情交が終わったらその男を眠らせて、本番を楽しもうとでも言ったということか。

——飽くまで、一つの可能性ですけれど。

——では俺は任意に選ばれた遊具だったわけだ。

——ただの任意では……魅力的な……。

言いかけて彼女は口を噤んだ。

——とにかく、教えられることは教えましたわ。そこから先はご自分でお調べになって。

立ち上がりかける彼女の腕を摑み、腕の中に引き寄せた。

——べつの運命は舞い降りそうか？

俺は彼女の顎に指を当て、顔を上に向かせた。彼女は観念するように目を瞑り、「どうかしら」と言った。

その——タイミングで電話をかけてきたのが、いま俺の隣に座っている溝渕である。厄介なことをしてくれた。

結局、接吻の機会は奪われ、亜理紗は俺の腕から逃れ、走り去ってしまったのだった。

「やはり、この事件には何か裏がありますよ」

こちらの気も知らずに、溝渕は熱をもった調子で語りだす。

7

「華影先生が実際に心中しようとしていたのが誰であれ、柳沼水奈都の死は単なる自殺ではない気がしてきました」

「つまり——どういうことだ？」

「あの晩、先生たちの泊まった部屋の隣室に柳沼水智雄が泊まっていたようなんです」

溝渕の言ったことを理解するのに数秒を要した。なんだと？　水智雄があのとき隣の部屋にいたというのか？

その新事実は、亜理紗の言っていた憶測とも合致するように思われた。

「何をしていたのかまではわかりませんが、実の妹の死んだ旅館に、事件当日に兄が宿泊していたなんて、どう考えても怪しすぎます。しかも、彼は偽名で泊まっているんですからね」

編集者というのは奇妙な生き物だ。ついちょっと前までは乗り気じゃなかったくせに、いざやるとなれば、なかなか有能な活躍を見せる。

「納得いかないな。俺たちはそもそも心中するはずだったんだ。わざわざ水智雄が殺さなくても、数時間後には俺と一緒に死ぬはずの女だったんだぜ？」

山羊の刺青があった以上、俺は最初から柳沼水奈都とあの旅館に向かったはずで、そうであるならわざわざ水智雄が割って入る必要性はない。

やはり、亜理紗の言っていた性的快楽のための餌にされたということなのだろうか。何も知らずに水奈都はその餌に飛びつき、水智雄に殺された。

だが、溝渕の見解は違うようだった。

「これは仮説ですが——水奈都さんは心中するつもりだったとします。恐らくは、結婚できない水智雄への当てつけに。ところが、事前にそれを知らされていた水智雄は、醜聞になる心中を回避したくて、先生の寝ている間に水奈都だけを自死に見せかけて殺した」

「自殺も心中も、醜聞という点じゃ変わらないだろう」

「心中は、自殺より騒がれますよ。スキャンダラス性が段違いですから」

「だが、柳沼家に泥を塗ったって意味では五十歩百歩だ。そんなことのために殺人を犯す奴がいるとは思えん」

溝渕は下唇を突き出す。もうくじけたか、と思ったが、違った。

「じゃあ、こういうのはどうでしょう？　水智雄と水奈都は相思相愛だった。けれど、嫉妬深い水奈都は、水智雄の愛情を疑い、わざとほかの男性と関係を持つ」

「それが俺か？」

「ええ。そして前もってあの旅館に泊まると宣言する。すると、水奈都を愛している水智雄はそれを阻止したくて、隣の部屋を予約し、彼女を思い留まらせようとする。もともと気持ちに揺さぶりをかけたかっただけの水奈都は先生を眠らせた後、水智雄と話し合うべく部屋に招き入れる。ところが、先生とすでに関係を持ってしまったことで話し合いは揉めに揉め、ついに水智雄は水奈都殺害を決行してしまう」

「争った形跡はなかった。それに、水智雄を嫉妬させるゲームなら危険が多すぎる。なぜ情交に耽る前に眠らせなかった？」

「んん、それは成り行きというか……」

「それに水智雄と水奈都が相思相愛だったというのが何より不自然だ。藪沢の発言とも食い違う。それなら、水智雄は水奈都が邪魔で、はじめから殺意があり、快楽が目的のゲームだと説き伏せて水奈都を俺と交わらせ、心中未遂に見せかけて殺したという推理のほうがまだマシだ」

　これは亜理紗の推理だった。俺は彼女に対してはそれを否定も肯定もしなかった。溝渕はその推理に「なるほど」と言った。

「それですよきっと！」

「ムリだろう。快楽の相手を見つけるだけなら、水奈都も納得するだろうが、単なるお遊びで心中相手にちょうどいい男を探し、その男が惚れるようにそいつが書いた小説の作中人物を思わせる身なりや仕草を演出するなんてさすがに手が込みすぎている。仮に水智雄がそこまでのことを水奈都に要求していたら、いくら水奈都が水智雄に惚れていても、何か裏があるはずだと勘繰るだろう」

「そっか……ですよね」

いよいよ溝渕は肩を落とす。袋小路か、と思っていると、溝渕はなおも続けた。

「となると、可能性は一つですね」

「なんだ？」

「水奈都は何も知らなかったんです。ただ、決められた時間にあの旅館に行くように言われた。先生の仰る手の込んだ演出を任されたのは、水智雄と共犯のべつの女性——つまり、刺青をもった女が二人いるんですよ」

刺青をもった女が二人？

まったく念頭にない発想だった。

「……馬鹿なことを言うなよ。あんなタトゥーをもった奴が二人もいてたまるか」

「なぜ二人同じタトゥーの人間がいてはいけないんですか？」

「なぜって……」

「あんなもの、彫ればいいだけのものです。生まれもったものじゃないんですから、いくらでも複製できますよ」

そうか——タトゥーは誰でも入れることができる。しかし、二人の女に同じタトゥーがあったとしたら、そこには何らかの意味が生じる。その意味とは何だろう？

黒猫との会話を思い出す。刑罰としての刺青について、黒猫は語っていた。江戸時代には、牢獄《ろうごく》に入ったことのある者の徴《しるし》として、施されるものもあった。また、アウシュヴィッツでの番号の刺青の例もある。たとえば、二人の女が同じ男を愛し、その男への忠誠を誓った、ということも考え得るのか……。

「もしかして水智雄が二人の女に？」

「僕はそう思います。柳沼は〈やぎぬま〉。つまり、山羊です」

「言葉遊びだったというのか？」

それはない線ではなかろう。だが——。

「もう一人の女はそれでいいにしても、妹である水奈都が柳沼という姓名から山羊を彫るのはおかしくはないか？　使うなら下の名前からだろう」

「水智雄がルール化している可能性もあります。二人の人間の入れ替えも、隣室に部屋をとっていたのなら、フロントの目を盗んで簡単に行なえることでしょう」

「こうなると、水智雄に直接当たってみないと始まらないな」

「……しかし、彼には二十四時間ボディガードや秘書が付き添っています。ましてや、華影先生は相当マークされていますからね」

「マークは無理やり外せばいい」

「え、どうする気ですか？」

「おびき出す」

幻の女ではないかも知れない。俺はそのわずかな可能性に賭けてみることにした。すぐさまＹＧＮ銀行に電話をかけ、今夜水智雄氏と面会の約束をしている溝渕だ、と告げた。電話口に出た女性は怪訝そうな声になった。

「柳沼は今夜身内の通夜の予定が入っておりまして、本日のお約束はすでにキャンセルをさせていただいているのですが、あいにくその中に溝渕さまとのお約束は入っていなかったようですが……」

「本人に聞けよ。わかっているはずだ」それから、ふと思いついて俺は付け足した。「〈夢想とネルヴァル〉の件で話したいと言ってくれ」

鏡花があの店に対して語るときの含みのある言い回し、そして〈夢想とネルヴァル〉の女たちの空気、さらには藪沢の周囲の目を気にする態度から、俺はあのキャバレーにはあまり外聞のよろしくない何かがあるに違いないと踏んでいた。それが何かはわからなくとも、水智雄を脅す手段に使えるのではないか、と。

予想は——的中した。

「かしこまりました。少々お待ちくださいませ」

秘書の女の声は微かに震えていた。彼女も何らかの裏事情を察しているのだろう。さて、その裏とは何か、というのが問題だ。あるいは、それは今回の〈心中事件〉とも関わっているのか。

しばらくして、電話口に戻ってきた彼女は言った。

「明日でしたらお会いできるそうです」

「どこで？」

「ＹＧＮ銀行本社ビルの頭取室ではいかがでしょうか」

「ダメだ」

ボディガードの顔が浮かぶ。相手の領域に飛び込むのは危険が多すぎる。

「明日、四時から国立劇場で『曾根崎心中』をやる。フロントに〈溝渕〉の名でチケットを預けておくから受け取って中に入ってくれ。席は一席しかない」

となりで溝渕が焦った顔をしている。

「かしこまりました、申し伝えます」

「頼んだよ」

俺は電話を切った。

「僕がせっかく用意したチケットをこういう使い方するんですか」

溝渕が口を尖《とが》らせる。

「これ以上ない有効活用だろ？」

「納得いきませんね。第一、浄瑠璃に失礼です。近松門左衛門《ちかまつもんざえもん》にも失礼な気がしますよ」

「ちゃんと鑑賞するさ。奴と仲良くな」

「ん？　というか、もしかして僕がチケット譲るんですか？」

「そりゃそうだ。でないと、俺が入れない」

「ひどい……」

溝渕はなおもぶつぶつと文句を言いつつも、最後は、「とにかく気を付けてください。華影先生は厄介な問題に足を突っ込んでいるんですからね。僕も現場の近くで待機しておきます」と折れた。

「心強いな」

「じゃあ僕はこれで会社に戻ります。先生もご自宅に戻られたほうがいいですよ。道子さんが相当心配していましたから」

「だろうな。おまえ一日くらい添い寝してやったらどうだ？」

「もう、本当にどうかしてます！　とにかくご自宅に戻ってください！　いいですね？　先に先生のお宅に向かいますから」

言うなり、溝渕は勝手に運転手に俺の住所を告げた。

「まだこれから酒が飲める時間なのに帰るのか？」

「なに遊園地の出口でごねる子どもみたいなこと言ってるんですか。自分のご家庭に帰るのに時間を気にするのは頭がおかしいですよ。だいたいね、そろそろ新作を書き始めてもらわないと困るんです。先生の新作売れてますから。まもなく重版もかかるでしょう。ですから、とにかく時間があるなら書いてください。こっちもちゃんと水智雄氏の調整はしておきますから」

「俺は書きたいときにしか書かない」

「……道子さんに会ってあげてください」

俺は溝渕の顔を見た。その目があまりに真剣なので、俺は思わず笑ってしまった。

「わかったわかった、おかしなもんだな。自分の嫁に会うことを他人に勧められるとは」

この男はいよいよ本気で道子が好きなのかも知れないな、と俺は思った。まあそれはそれで今後が愉しみでもある。

道子の顔を思い浮かべる。あの幾分理性の勝ちすぎた目で俺を待っているかと思うと、少しばかり憂鬱《ゆううつ》な気持ちに襲われた。

「なぜ人は家に帰らなきゃならんのだろうな？　俺は酒があれば他は何も要らないんだが」

するとと溝渕は特大の溜息をついた。

「先生は本当にクズですね。そして幸せ者です」

幸せでクズな作家とその担当編集者を乗せて、タクシーは大通りを軽快に進み始めた。

8

高層タワーマンション〈パークサイドタワー所無《ところなし》〉は、所無エリアに近年建った最大の集合住宅施設だ。結婚した俺と道子のためにと親父がタワーマンションごと購入した。親父が死んだら、マンションの権利はまるごと俺に譲るというのだから、親馬鹿にもほどがある。兄が死んで以来、親父は人間的に弱くなり、金への執着が消えてしまった。

エレベータで最上階である二十六階に上がり、降りてすぐのドアを開けた。鍵はかかっていなかった。が、リビングに行くと、道子の表情がいつもと違うことに気づいた。ただ俺に怒っているというのではない。何か深刻な事態があったことが読み取れた。

「どうした？　何があった？」

「こんな紙がポストに」

彼女はテーブルの上に置かれたB5サイズの紙を示した。

そこには、ゴシック体の文字でこう記されていた。

調べるな
手を引け

俺はぼりぼりと頭を掻いた。もう手を引けないところまできてしまっている。

「気にするな。しょせん自分たちに不都合な事実を知られたくないだけの、やんちゃな民間人のやってることだ」

「例の亡くなった方の件ですか？」

「恐らくな」

彼女は黙った。あれこれと聞きたいことはあるはずだったが、結局すべて飲み込んだようだった。

「やっぱり別人なの？」

「わからん。だが、死んだ女の兄がこの一件から手を引いてほしいと思っているのは確かだ。それが何故なのかを調べてみる必要はあるだろう」

一通り、これまでの調べでわかったことを掻い摘んで説明した。

「水智雄という人が何かを企《たくら》んでいたのだとして、いくら偽名を使ったとはいえ、自分の顔を女将に晒《さら》したのは迂闊《うかつ》だったわね」

錐を高いところからすとんと床に突き立てるように、道子の指摘は鋭く胸に突き刺さった。

「そうだな……たしかに……」

そこから先に推論が展開することはなかった。水智雄はあの旅館にいた。だが、それは計画的犯行なんかではなかったのかも知れない。

いったい、あの晩何が起こっていた？

「いずれにせよ、あなたはもうこの件から離れたほうがいいのではなくて？」

「いまさら何を」

「……お茶を入れます」

道子は胸の奥からやってくる言葉をなかったことにするかのように、立ち上がり、キッチンへと向かった。もうこの件については話す気がないのだろう。

「道子、なぜ俺と別れない？」

沈黙で、道子は答えた。

キッチンへ向かい、背後から道子を抱きしめる。その背中は以前よりだいぶ細くなっていた。

「俺が口にする愛の言葉が嘘っぱちだってことは、もう長年の経験でわかっているはず。それとも、俺の不貞にもかかわらずおまえは俺を信じているとでも言うのか？」

道子は静かに首を横に振る。

「あなたを信じるなんて、そんな馬鹿げた真似をするのはよほどの愚か者じゃないかしら？」

彼女はするりと俺の手を抜けた。

「気分がすぐれないので、寝ます。今日は疲れました」

道子は寝室へと去っていった。その後ろ姿は見慣れたものだった。そして、いつか俺の人生最後の日にも、きっと同じ光景を目にするのだろう、と思った。

俺が消えたあとの世界のことはわからない。道子が俺のためにいかほどの涙を流すのか、はたまた流さないのか。それはもうどうでもいいことだった。

シャワーを浴びた後、久々に寝室に向かい、道子のとなりに体を横たえた。おもむろに腕に手を伸ばした。

抵抗はない。いつも通りの道子がいた。

指が彼女を求め始める。

生きるとは、求めること。だが、あの夜は違った。俺にはもうこの世に求めるものがなく、唯一死の匂いを発していたあの女に惹かれた。それもまた欲には違いなかった。

欲があるから死ねないのか？

それとも——。

気が付くと道子の乳房を乱雑に揉みしだいていた。道子の喘《あえ》ぎ声が漏れる。俺はその口をもう片方の手でふさいだ。

「なあ道子、俺と死んでみるか？　おまえにそれができるなら」

俺はそれからそっと道子の首に手をかけた。

途中でその手を止める。抵抗はなかったが、彼女のすすり泣きが聞こえてきたからだ。

「冗談だ。少し寝よう」

「不眠症におなりなさい……」

「いやだ。寝たい」

俺は彼女の左の乳房に自分の左手を置いた。すっぽりと掌に収まるほどの膨らみが、俺を眠りへと誘う。結局、どこで何をしていようと、最終的に俺はこの感触がないと安眠できない。そのことは、道子に話したことがない。話せば調子に乗るだろうし、そんなことを愛の証《あかし》だと思われれば厄介なことこの上ない。

やがて、睡魔がやってきて、俺の安っぽい虚無感さえも呑《の》み込んだ。

第五章　牧神の正体

1

　翌日は、打って変わって曇天だった。灰色の空の下、東京のビル群は憂鬱を募らせていたが、炎天下に比べれば天国のような涼しさではあった。

　校倉造《あぜくらづくり》を思わせる国立劇場の外観を眺めながら、さて水智雄は素直にやってくるだろうか、と考えた。当然、俺が一度〈夢想とネルヴァル〉を訪れたことは知っているはず。秘書の女性への伝言から、呼び出しているのが俺だと悟ったに違いない。代わりにボディガードを寄越すことは十分に考えられた。

　午後三時の段階で、国立劇場はかなりの人で溢れかえっていた。『曾根崎心中』が上演されるのは小劇場のほうだが、それでも五百席以上はある。場内に送り込まれた何者かが俺を見つけるのが先か、俺がそいつを見つけ出すのが先か。そういう戦いになるだろう。

上演会場である小劇場で受付を済ませて中へと向かう。なるべく人に背を向けぬよう壁際を進んでいき、いちばん後ろのドアから中に入って、全体を見回す。濃いめのサングラスをかけ、ニット帽を目深にかぶっている。

水智雄の座席は、十四列目の十三番。はたして、そこにくるのは水智雄か、部下の誰かなのか。

場内に入ったり通路に出たりを繰り返しながら、なるべく目立たないように柱の陰に身を隠しつつ全体を監視し続けた。そうこうするうちに、時刻はやがて三時四十五分を回った。あと十五分でいよいよ開演時間だ。

五分が経過する。

場内の照明が暗くなる。俺はサングラスを外し、目を凝らす。何としても先にこちらから見つけて声をかけなければならない。一か八かの賭けだ。

さらに二分が経過する。

十三番の席に——柳沼水智雄の姿があった。最初は輪郭しかわからなかったが、徐々に髪形が、最後に顔のかたちが読み取れた。ここを指定したのは、チケットがなければ入れないから。こちらの意図がわかっていれば、奴は少なくとも単身を装って現れるはずだ。

パリッとしたスーツに身を包んだ男は、いまだこちらに気づくことなく舞台上を眺めている。俺は幕が上がるのと同じ速度で十四列目まで行き、水智雄のとなりに腰を下ろした。小声で囁く。

「やっとゆっくり話ができるな、柳沼水智雄さん」

俺のささやき声に驚いて水智雄は肩をびくっとさせた。表情は明らかに青ざめ、怯えているかに見えた。

「やはり君か」俺よりもさらに小声だ。

「素直にご本人がお出ましとは。よほど〈夢想とネルヴァル〉に出入りしていることは知られたくないらしいな。なぜだ？」

「君とは関係のない話だ。そんなことを聞きたくて呼び出したのか？」

「いや。だが、興味深い。たかがナイトキャバレーじゃないか。金持ちが出入りしていたってておかしくはない。何をそんなに恐れる？」

「君とは関係ないと言っているんだ。何が知りたい？」

この話題から何としても逃れたいようだ。

舞台の上では三味線の音色に合わせ、お初《はつ》の人形が登場していた。ただの人形とは信じられぬ艶のある動きをする。口元に手をあてがう仕草など、この世のものとは思えないほど崇高に感じられる。

これから、お初は徳兵衛との再会を果たすのだ。

「あの夜、あんたは俺たちの隣の部屋にいたらしいな？」

「……何を言っているのかわからん」

「証人がいる。柳沼水智雄としては認識していないが、対面すればすぐにわかることだ」

水智雄の顔に、微かな引き攣りが生じる。

「……何が言いたい？」

「妹である柳沼水奈都が邪魔になったあんたは、妹と同じタトゥーをした女を使って、俺を誘惑して眠らせる。彼女が帰った後あんたは旅館に現れ、隣の部屋で自分の妹を心中未遂に見せかけて殺し、ダミーの女がドアの隙間に何か物を挟んで開けておいた〈玉兎の間〉へと死体を運び込んだ」

「馬鹿なことを……」

「旅館の女将が〈シックな正装の女性〉が隣室にチェックインした後、だいぶ遅くにあんたが女が出て行くのと入れ違いにチェックインしたのを目撃している。女将がチェックインのときに見た〈シックな正装の女性〉が水奈都、出て行くのを見たのはダミーの女だろうな。服の入れ替えまでは水奈都も合意の上だったのかも知れない。裁判となればほかにもいろんなことが明るみに出るだろうぜ」

「バカバカしい！」

「声がでかい」

慌てて水智雄は声を落とす。

「妹を殺して俺に何の得があるっていうんだ？」

「それはこれから警察が調べればいい」

「警察が殺人を疑ってるとは初耳だな」

「俺が情報をもたらせば、状況は覆るさ」

「動機なら君のほうがあるじゃないか。心中未遂のおかげで本が売れ、いちばん得をしたのは君じゃないのか？」

俺は水智雄の鳩尾を肘で殴った。低いうめき声を上げて水智雄は身体を前に折り曲げる。

俺は水智雄の口を手で塞ぎ、耳元で囁いた。

「この世の損得なんてものは、一度死のうとしていた人間にとってはどうでもいいことだ。俺が知りたいのはただ一つ、俺が一緒に死ぬはずだった女の正体さ。どこの女なんだ？　言え」

水智雄は呼吸が苦しいのか顔を赤くし、じたばたと足を動かしていた。俺は口に当てた手を離してやった。

「……君は誤解している」

「誤解?」

「たしかに俺はあの晩、君たちの隣の部屋にいた。水奈都に話があると呼び出されていたからだ。そして行ってみると、すでに妹は息をしていなかった。俺は恐ろしくなって逃げようとした。ところが、ただ逃げるわけにはいかなかった。そこには俺宛ての手紙が置いてあったからだ」

「手紙? 水奈都からのか?」

「恐らくちがう。ワードで打たれた、無機質な文章だった。そして、そこにはあまり知られたくないことが書かれていた。死体を隣の部屋に移せば、それ以上悪いことは起こらない、と書き添えられてな」

即席の嘘にしては、細かな設定がある。どうやら本当のようだ。だとしたら、この男もまたハメられたことになる。

昨日の道子の言葉を思い出す。

——水智雄という人が何かを企んでいたのだとして、いくら偽名を使ったとはいえ、自分の顔を女将に晒したのは迂闊だったわね。

道子は、水智雄が主犯格ではないと見抜いていたのだろう。

知られたくないこととは、やはり〈夢想とネルヴァル〉にまつわることか。

「それで、俺のいる部屋へ死体を？」

「ああ。フロントスタッフが奥に引っ込んだ隙に隣室へ向かうと、ドアに小石が挟まっていた。オートロック式のドアだが、何かが挟まっていれば自由に出入りができる。部屋を覗いてみると、君が一人で寝ていた。だから、俺はそこへ死体を運び置き去りにして逃げた。死体は引きずっていくだけでよかったから、それほど時間もかからなかった」

俺は胸ポケットからスマホを取り出してみせた。

「いまの会話はしっかり録音させてもらった」

「何だって……」

席に座る前にRECアイコンを押しておいてよかった。

「安心しろ。当面は俺とあんただけの秘密だ。ただし、あんたが俺に何者かの刺客を放った時点で、このデータは警察に届けられる。たとえば——俺の後ろの席でさっきから頭部に狙いをつけてる奴とか」

振り向くまでもなく、気配で察することができた。ゆっくり振り返り、そこにギリシア彫刻のように彫りの深い顔立ちをしたボディガードを発見する。

俺はわざと乱暴に水智雄の襟首を摑んでみた。途端に前後左右で席から腰を浮かす者たちの姿が確かめられた。

「ほかにも何人か紛れこんでいるみたいだな。奴らに言っておけよ。あんたの名誉のためにもな。このデータが警察に渡れば、殺人罪まではいかなくとも、確実に死体遺棄罪には問われるだろう。そして、あんたの社会的地位はかなり危ういものになるだろうな」

水智雄の顔にはもはや仮通夜の時の勝気な雰囲気は微塵もなかった。ただ弱々しく、誰かに守られなければ手折られかねない可憐《かれん》な花のように見えた。水智雄はすぐに携帯電話を取り出すと、小声で「絶対に手を出すな」と指示を出した。

「なあ、〈夢想とネルヴァル〉のことはそんなに知られたら困るのか?」

「その名前を出すな。君は恍《とぼ》けているのか? あの店に行ったんじゃないのか?」

「行ったが……」

どういうことだ?

俺が考えていると、彼は「もういいか」と言って立ち上がろうとした。俺はその腕を押さえた。

「あと一つ。おまえの近くにタトゥーをした女はいないか。山羊のタトゥーだ」

「山羊——それは水奈都の……」

「水奈都以外の話だ」

水智雄は視線を泳がせた。知っているのか、惚ける気か。やがてしっかりと頷いてから答えた。

「いや、いない、そんな女は」

「本当か？」

「ああ。本当に知らない」

じっと水智雄の目を見る。真偽を見極めるのは困難だった。

「水奈都はあんたにぞっこんだったらしいな？　ずっと尾け狙われていたそうじゃないか」

「誰から聞いた？」

「誰でもいいさ。その噂は本当か？」

「でたらめもいいところだ。妹と俺の仲はある頃から険悪でこそあったが、それ以外は何もないさ」

「そいつは俺の聞いた話とは違う」

この男はまたも何かを隠そうとしているのかも知れなかった。

「じゃあ、山羊の刺青はあんたが彫らせたわけじゃないのか？」

「当たり前だ」

「いつでも録音をマスコミにばらまけるんだぜ？」

い。

「本当だ！　俺はそんな馬鹿な真似はさせない。とにかく、もう言えることはない」

水智雄は俺の手を払いのけようとした。だが、そう簡単に自由を与えるわけにはいかない。

「まだだ。最後にこれだけは教えてもらう。あんたの妹はどこで背中を彫った？」

「どこって……」

「刺青職人の名前だよ。どこで彫ったんだ？」

水智雄はかなり迷っていたが、やがて観念したように言った。

「高校時代に、西日暮里《にしにっぽり》の獅花子《しかこ》という女のところで彫ったと言っていた。表向きはアクセサリー店を営んでる。そこは女性客しか受けないことでその頃から知られていたんだ」

「アクセサリー店の名前は？」

「〈フレオ〉。花と獅子《しし》をくっつけた造語らしい」

脳裏に顔だけが花になっているライオンが浮かぶ。その獅花子とやらに聞けば、もう一人の女について解明できるかも知れない。

「また聞きたいことがあれば、いつでも尋ねにいく。それを断る権利はあんたにはない。いいな？」

俺はポケットからスマホを取り出してちらつかせてから水智雄よりも先に立ち上がり、耳元で囁いた。

「目を閉じて五十秒数えろ。席を立つのはそれからだ」

水智雄はそっと目を閉じた。俺は足音を立てずに小走りで会場を飛び出した。

2

タクシーに乗り込もうとすると、一緒に乗り込んでくる者がいた。溝渕だった。この男が外で待機していたことを俺は完全に失念していた。

「無事で何よりです」

「無事に決まってるさ」

「収穫はありました？」

「有り余るほどにな。あとで録音データをメールしておこう。で、なんで乗り込んできた？」

「何のためにここで見張ってたと思ってるんですか。担当編集者として華影先生をお守りするためですよ」

「柳沼家のボディガードに比べると頼りなさすぎる」

「いないよりマシです。それに、作家の雑念払拭も編集者の任務の一つですから」

「……好きにしろ」

俺はそれから一通り、いま水智雄から聞き出した情報を告げた。

「それで、どこへ向かうんですか？」

「刺青師に会いに行く」

「刺青師に？……なるほど、いちばん手っ取り早いですね。どうして今まで気づかなかったんだろう」

「いや、妥当な順序さ。水智雄に聞かなきゃ刺青師にはたどり着けないわけだからな」

「どこにいるんです？　その刺青師は」

「西日暮里にいるらしい。表向きは〈フレオ〉というアクセサリー屋をやってる」

溝渕はすぐにスマホで検索を始める。便利な時代になったものだ。

「道灌山《どうかんやま》通りを南西に下っていった先にあるようです。行ってみましょう」

「おまえ、俺より張り切ってないか？」

「だってもうすぐ終着点かも知れないじゃないですか。そしたら、華影先生が執筆に専念してくれる。こんな嬉しいことはないですよ」

しょせん編集馬鹿か。俺は意気揚々と行き先を告げる溝渕を後目《しりめ》に、窓の外を見やった。

雲間から、光が差し込んでいた。もう数時間で陽《ひ》も落ちるというのに。

今夜は暑くなりそうだ。額にうっすらと滲んでいた汗を拭き取った。この世に執着しない男の体内にも、まだ汗が残されていたようだ。

3

道灌山通りを下っていき、煙草屋の角を折れて細道を何度か曲がった先に、アクセサリー店〈フレオ〉はあった。店構えは昔ながらの瓦屋根で、呉服店でもやっていそうな雰囲気だが、売られているのは東南アジア風のアクセサリー。ガネーシャなども見えるからインドなどの南アジアも取り入れているのか。沈香《じんこう》が焚《た》かれ、オリエンタルな雰囲気が漂っている。

店内はまだ明るいからか、灯りがついておらず、俺たちは仄暗い中をまるで泥棒にでも入るみたいにそっと忍び足で入った。

「ここは男の来るところじゃないよ。帰っておくれ」

現れたのは、ショートボブの、左目に眼帯をした女性だった。黒のシャツに黒のタイトなパンツを穿《は》いており、一見ストイックな印象を受けるが、彼女の首から胸に向かって彫られている蛇の模様の刺青が、複雑な陰影を与えてもいる。見れば、手首から手の甲にかけても獅子の模様が入っている。それは鎧《よろい》のようであり、呪詛《じゅそ》そのものであるようにも思われた。刺青に一定の護身効果があることは認めざるを得ない。

「あんたが獅花子さんか？　かわいいな。俺と軽く心中する気はないか？」

「冗談……誰に言われてきたの？」

彼女がレジの下に手を忍ばしたのがわかった。

「そう警戒するな。ちょっと聞きたいことがあるだけ……」

言いかけた瞬間、獅花子は飛びかかってきた。手にはスタンガン。レジの下に隠してあったのだろう。俺はとっさに身体を右へ傾けた。獅花子はそのまま溝渕のほうへと飛び込んでいった。

「ひぃ……っ！　い、命だけは！」

彼女は溝渕の顔面にスタンガンを振りかざした。

さらにもう一振りしようとするのを、俺はとっさに両手で押さえた。彼女の手からスタンガンが離れ、くるくると回転しながら床に落下する。それをすぐさま奪い取り彼女の首筋に押し付けた。

「なぜ襲い掛かった？」

「自分を守るためだよ」

獅花子は落ち着き払った調子で答えた。スタンガンを向けられても、恐れる気配は微塵もない。

「それほどの危険がこの店に？」

「無理矢理刺青を彫らされたことがあるんだ。このへんはヤクザも多いからね」

「俺たちは違う」

「信用はできない」

「柳沼水奈都って女の知り合いだ」

「水奈都の？」

「ああ。彼女の刺青を彫ったのがあんただと知ってここへやってきたんだ」

「なぜ？」

「柳沼水奈都が死んだ」

「水奈都が……いずれはそういうこともあるとは思っていた」

「クールだな。そんなに水奈都は嫌な女だったのか？」

俺はスタンガンを彼女の首筋から離して彼女に返した。すぐにまた襲ってくることも考えられたが、こういうときこそ信用が大事だ。信用されないことには相手から何も聞きだすことはできない。
「死者については何も言う気はないよ。とくに、一度でもうちのお客だった人については
ね」
　獅花子は一度スタンガンをくるくると掌で回してからレジカウンターの下にそれを収め
た。
「守秘義務か？　刺青師にもそんなものがあるんだな」
「当たり前さ。刺青ってのは今の時代でも世間からすりゃ禁忌には変わりない。この国は閉
鎖的だからね。数年後の東京オリンピックで刺青入れた外国人が大勢観光で押し寄せてこな
いことには、刺青は禁忌のままだろうと思うよ」
「刺青が社会的評価を脅かすってことか」
「そういうこと。だから何も話せることはないよ。帰んな。たとえあんたらが刑事だろうと
何も言う気はない。必要があるなら令状を持ってきな」
「俺たちは刑事じゃない。俺は彼女と心中した男ということに世間的にはなってる。だが、
実際は違う。誰かにハメられたんだ」
「そりゃお気の毒」
「死んだ女と、俺が一緒に死のうとしていた女には共通点がある。背中に山羊の刺青がある

ってことだ」

「二人とも？」

彼女は不意に顔を上げた。心当たりがあることがわかった。

「そのもう一人の女を探している」

「水奈都だろうと、そのもう一人のほうだろうと、私の大切なお客の情報だ。あんたたちには教えられない。何らかの事件に巻き込まれたのだとしたらかわいそうだとは思うけどね。それでも、私には関係ないよ」

「冷たい女だな。よほど男が嫌いと見える。わかった。その女の正体を知ることは諦めよう。だが、これは聞いておきたい。あの図柄はあんたが決めたのか？　それとも指定があったのか？」

「図柄をもってきて見せられて彫っただけ」

「水奈都がもってきたのか？」

彼女は黙った。

「もう一人のほうか」

「珍しかったからよく覚えてる。若い子が、奇妙な刺青を頼んでくることはよくあるんだけどね。そういうとき、私はたいていよく考えてからおいでと言って追い返す。十八歳以下だと条例でも禁止されているからね。こっちもできるだけやりたくないんだ。でもその子の決意は固かった。だから、私は刺青を入れてやった」

「太腿に桃の花も入れていたな？」

「桃の花？　あれは桃の花じゃないよ」

「桃の花じゃない？」

「私もよくわからない。ただ、写真をもってきたから、そのとおり彫っただけさ。ピンクだけど、中央が赤い、何かおかしな花だったね。見覚えがないんだ」

「桃の花じゃないのか……」

「たしかに、桃の花の刺青はポピュラーだけどね、あの子のそれは違ったよ。理由は聞いてない。ここに来る子はみんないろいろな事情を抱えているからね。ただ、共通していることがある。後戻りしない覚悟ができているってことさ」

「なるほど。それで、水奈都にも彫ってやったのか。山羊と、そのピンクの花を」

すると、一瞬怪訝な顔になった。それから彼女はこういった。

「いや、花は水奈都には彫ってない。花を彫ったのは時期が……」

そこで彼女は口を噤んだ。そして俺たちに背を向けた。

「もう帰ってくれ」

4

「つまり」と俺は口火を切った。

帰りのタクシーが渋滞に巻き込まれ、進まなくなったのは好都合だった。

「もう一人の女が先に彫り、水奈都はその後で同じものを彫ったってことだ。最後に言いかけて飲み込んだのは、たぶん花を彫った時期がずっと後だということだろう。もしかしたら、つい最近かも知れない」

「二人は同じ絵をもってきたんでしょうかね？」

「いまの時代、一度使ったデザインくらいデータ化して保存してあるさ」

「では、『あの子と同じものを』と言えばできてしまうわけですね？」

「獅花子はもう一人の依頼人については話したくないようだったが、水奈都が死んだと聞いたとき、いつかそうなると思っていたと言った。水奈都を見て、死を招きそうな要因を読み取っていたわけだ。獅花子がそれを感じることがあるとしたら、そのもう一人の彼女との関係性からでしかあるまい。となると、問題は水奈都が山羊の刺青を彫った理由だ。同じ男を好きになった、という線以外で何か考えつかないか？」

「んー、思いつきませんね。でも、一つ確かめる方法があります」

溝渕は鞄から白い一冊の冊子を取り出した。

「水奈都が刺青を彫ったのが高校時代なわけですから、その背景を知りたければ彼女の高校時代を探るしかありません。これ、柳沼水奈都の通っていた私立高校の生徒名簿です。うちの社には週刊誌部門がありましてね、知り合いの記者に頼んで入手してもらいました。きっとこれから入り用になるだろうと思ったので」

俺は彼の手から名簿を取り上げた。水奈都がどこのクラスに載っているのかを調べると、まずは同じクラスの者から順に電話をかけていった。たいていの者は実家を出ているらしく連絡がつかなかった。が、十番目にかけた家で出たのはクラスメイト本人だった。中村《なかむら》メイという女は、水奈都の名を出すと明らかに不愉快そうな声になった。

「水奈都、死んだらしいですね……どうして私に連絡を？」

「彼女のことで知っていることを教えてほしいんです」

「何も知りません。ほかのクラスメイトもみんなそうだと思います」

「何でもいいんですよ。当時のことを詳しく聞かせてもらえますか？　できれば直接お会いして……」

電話は切れていた。そのあとかけた三件の電話も同じような感じで切られてしまった。

誰もが彼女の名を出すと口を噤み、電話を切ろうとする。名を聞いただけで嫌になるということなのか。それほどの不快さを抱かせた理由とは何なのだろう？

「私、もうあの子の名前は永遠に聞きたくないのよ」

最後にかけたクラスメイトの花崎加奈《はなさきかな》は率直に答えた。だが、その言い方にどこか吐露してしまいたい気配を感じた。

俺はすぐに切り出した。

「少しお時間をいただけませんか？　そのお話を詳しくお聞かせ願いたいんです」

「……いつですか？」

「これからではいかがでしょう？」

彼女は少し迷ってから、「わかりました」と言った。彼女は麻布十番《あざぶじゅうばん》駅の近くにあるカフェを指定してきた。

電話を切ると、俺は運転手に行き先を告げた。

5

麻布のビルの谷間にある、外光のほとんど入らないカフェ〈ソレイユ〉で待つこと十五分。

姿を見せた花崎加奈は、電話での印象どおりの神経質そうな美人だった。

「子リスのような方だな。ポケットに入れて持ち去りたくなる」

とくに褒めるところもないので、口から出まかせで褒めておいた。

加奈は照れ笑いを浮かべ、落ち着きなく髪をいじっては十秒に一度こちらを上目遣いで見た。あまり浮気の相手にはしたくないタイプだが、女を愛でるときにそんな本音は不要だ。口説きは、コミュニケーションの潤滑油に過ぎない。俺は加奈の頬をそっと撫でてから単刀直入に本題を切り出した。

「それで、なぜ柳沼水奈都は不快だ、と?」

「……なんていうか、自分の世界しかないのよね」

「自分の世界があるのはいいことだと思いますが？」

俺の隣から、溝渕が口を挟む。

「いや、でもそれが妄想に近いからヤバいっていうか……」

「妄想、というのは実際にはあり得ないことを想像することですよね。つまり、非現実的なことを考えていたということですか？」

いちいち編集者らしい。そんな詰め方していたら、相手を困らせるだけだろうに。

「妄想は妄想です」

「その言い回しは効果的に見えますが、何も説明したことにはなりません」

「溝渕、取り調べじゃないんだ。そんなやり方をしていたって誰も何も教えちゃくれないぞ。とにかく、あなたから見て不快だったんだね、その妄想が」

「そうなんです。気持ち悪いんですよ」

ようやく加奈の口は滑らかになった。

「どんなふうに気持ち悪いんだろう？　いろいろあるよね、しつこいとか、すぐに媚《こ》びるとか、あるいは……」

「そういうのじゃないんです。あの子、ある人のことを好きで、みんながその人を狙っているって思いこんでいたんです。それで、私たちがちょっとでもその人と喋ると、いつまでもねちねちと言いつのって。だから後半からは誰もその人に話しかけられなくなりました」

「その人、というのは誰？」

「迷惑がかかっちゃうから……」

「我々は絶対にあなたから教えてもらったことは言いませんし、その方にも決して迷惑はかけません」と溝渕が眼鏡をくいっと持ち上げながら言う。

「本当に？」

俺は彼女の手をそっと摑んだ。

「俺を信じてくれないか」

加奈は頬を赤く染め、「……わかりました」と答え、その名を明かした。

「伊野上《いのかみ》みづほ」

「みづほ？」

女の名前が出てきたのは想定外だった。わが耳を疑いつつ、俺は加奈の次なる言葉を待った。

「みづほはすごくさばさばした性格で、それでいてそれとなく優しくて、みんなの人気者だったんです。だからこそ、みんな、その前に立ちはだかる水奈都の存在に困惑していたし、とても不快だったんだと思います」

「なるほど……」

言葉とは裏腹に、内心では疑問が渦巻いていた。

水奈都は——同性愛者だったのか？

まさか——。

「いま思えば、みづほが水奈都を諭してくれればよかったんだけど、みづほはなぜかそういうこと一切しなかったんですよ」

「それは、みづほさんにとっては不快ではなかったからではないのでしょうか？」

溝渕がまた余計な口を挟む。加奈はそれに対して弱り切ったような笑みを浮かべた。

「みづほさんも困ってはいたんだね？」俺は助け船を出した。

「ええ、たぶん」

「たぶん？」また溝渕編集チェックが入る。「人の感情をあなたが推し量る理由を教えていただけますか？《たぶん》では話が進みませんから」

加奈はまた困ったような顔になった。

「根拠は俺も聞きたいな」にっこり微笑んで手を包んでやる。彼女はそれに勇気づけられたように頷く。溝渕が俺の手をみて咳払いをし、耳打ちをする。「ホストクラブじゃないんですから」。

その時、溝渕が突然立ち上がり、外へ出て行く。溝渕のスマホに着信があったようだ。邪魔者が消えた。加奈もそう思ったのか、リラックスしたように喋りだす。

「根拠というほどのものはないです。ただ、水奈都と喋っているときのみづほは、まったく楽しそうじゃありませんでした。みづほは本当はみんなと仲良くしたかったはずなんです」

「つまり、みづほって子には、水奈都に従わざるを得ない理由があったってことかな？」

「恐らく」

彼女は今度は深く頷いた。みづほが何らかの弱みを握られていた可能性はありそうだ。そして、それが透けて見えるからこそ、よけいにクラスメイトにとって水奈都は傲慢で不快な存在であったのだろう。

「卒業アルバムはある？」

「あります。でも、みづほは写っていないんです」

「なぜ？」

「卒業前に退学してしまったから」

顔写真がないのは残念には違いない。ただ、写真があったからと言って確信が持てるわけでもないだろう。あの夜、俺は酔っていた。惹かれたのは外見でもなく、漂わせていた死の匂いだけだったのかも知れない。

彼女が自宅から持参してくれた住所録のみずほの部分だけスマホで撮ってから、俺は立ち上がった。

「ありがとう。たいへん役立ったよ」

「私も話せてよかったです。言うまでずっと、何か黒い雲みたいなものに思い出が覆い隠されていて気持ち悪かったんですけど、今になって言葉にすることで、ようやく呪縛から逃れられた気がします。もしもみづほをこれから探す気で、見つけられたなら、伝えてください。もう過去は引きずらないでって。私たちはみんなあなたのことが好きだから、いつでも連絡がほしいって」

「伝えよう」

勘定を済ませて店の外に出る。

午後の陽光が差すなか、俺たちは麻布通りを直進して地下鉄に下りた。道路が混みあっている。都営大江戸線《おおえどせん》を使ったほうが移動が早そうだった。

「実は、お話の途中で道子さんから電話がありました」

さっき立ち上がったのは道子からの連絡だったのか。一応自分のスマホを確認すると十以上の着信があった。スーツのポケットでバイブ設定にしていても全然気づけないようだ。

「デートの申し込みか？」

「なんでもそういう風に言うのやめてくださいよ。ご自分の奥さんでしょう」

「おまえの惚れた女でもある」

「そ、そんなんじゃ……。いやそんなことはどうでもいいんです。僕のほうに連絡があったのは、華影先生が電話に出なかったからですよ」

「で？　何か言ってたか？」

「ご自宅に先ほど、贈り物が届いたそうです」

「贈り物？　また脅迫か？」

「いいえ」

俺は溝渕の手元を見た。その手が、微かに震えていたのだ。

第六章　恐慌と終点

1

道子がいつものようにスーパーで買い物を済ませ、マンションにたどり着いたのは午後の二時過ぎのことだった。オートロック式の共用部のドアにカードキーをかざして入り、またエレベータでカードキーをかざす。先進のセキュリティのあるマンションを希望したのは道子だった。忍はあの性格だから自分では知らぬ間に人から恨みを買いやすい。万一のことを考えると、部屋の前まで誰でも来られるようなマンションに住む気にはなれなかった。

道子は怖がりだ。たぶんそのことは忍には知られていない。彼は鈍感なのだ。部屋に着いてほどなく、インターホンが鳴ったときも、道子はやはり胸騒ぎに駆られていた。いつもそうなのだ。

忍のいないときにインターホンが鳴ること自体が好きじゃない。怖いのだ。あんなことがあった直後だから余計に。

怖いのは二つの可能性が同時に浮かぶからだ。一つは、忍に恨みをもった人間が、腹いせに自分を殺したり襲ったりすること。もう一つは、忍に関するよからぬ知らせが届くこと。いま恐れているのは、後者だった。

あの人に何かあったら——私がここにいる意味が消えてしまう。

いつも、いつか忍が自分の前から消えてしまうのではないかと怯えていた。とくに、忍が自殺願望を抱くようになってからは。

自分が一緒に死んであげられたらよかったのだろうか？

昨夜、忍が自分の首に手をかけた時のことを思い出す。

自分は——生きたいのだ。忍と一緒に生きていきたいと思っている。それなのに、忍は死にたがる。この齟齬《そご》は、たぶんはじめから自分たちの隔たりとして存在していたのだろう。

けれど、隔たりとは何だろう？　それを距離感と肯定的に呼んではいけないのだろうか？

高校の頃のことをよく思い出す。あの頃は毎日朗読部の部室で忍に体を弄ばれていた。肉体の歓びと愛情との区別をつけず、それで何も問題なかった。けれど、本当はその前、中学校の頃から忍に惚れていた。好きに〈なぜ〉も〈どうして〉もない。外見でも内面でもなく、忍が忍だからというただそれだけで、そのすべてを受け入れてしまった。

あれからずいぶん経つ。母は結婚前、おまえは好きになってはいけない男に惚れてしまったね、と言った。そうなのだろう。でも、好きになってはいけない存在など、本当はこの世のどこにもないことを道子は知っている。どれほど破滅的で、未来のない世界だとしても、果ての果てまで行ってみるしかないのだ。そして、見るべきものをすべて見る。受けるべき罰をすべて受ける。それが、人間として生きるということ。

ふたたびインターホンが鳴る。仕方なく受話器をとると、〈──運輸です〉といつもの宅配便の声がする。いつもこちらにいやらしい、意味ありげな視線を送りつけてくる男の声だが、視線以外に害があるわけではない。きっと出版社からの契約書類とかその類《たぐい》が送られてきたのだろう。

「はい、どうぞ」

開錠ボタンを押し、共用部の中へ通す。同時に、エレベータが開くようになっている。玄関前に相手がたどり着くまでの時間はおよそ一分半。

気持ちを切り替えて玄関ドアへと向かった。

ほどなく、ふたたびインターホンが鳴る。

ちょうど玄関にたどり着いたタイミングだった。ドアを開けると、そこに小包をもって、宅配便の男が立っていた。いつものようににやにやしながら、意味ありげな視線を送りつけてくる。

開いたドアの奥をわずかに覗き込もうとするしぐさを平然とするあたりに品性の下劣さが見えると思っていると、「ご主人に受け取りのサインをお願いします」と言い、いないと見越してか、「いらっしゃらないですかね」といやらしく笑う。

「いえ、奥におりますが、寝ておりますので」

口から出まかせを言う。だいたい、受け取りのサインなど家の者なら誰でも構わないはずだ。夫の不在を確かめようとしたのだろう。宅配の男は露骨に興味を失ったような顔になり、小包を下駄箱の上に置いた。道子が受け取りのサインをすると、「毎度ありがとうございます」と機械的に挨拶をして去っていった。

ドアを閉じる。びっしょりと汗をかいていた。

改めて、下駄箱の上に置かれた小包を見やる。丁寧に梱包されているが、単に几帳面な人間が時間をかけてそうしたというにはいささか丁寧すぎた。何しろ、白い包装紙の上から、まるで緊縛でもするかのように赤い紐を丁寧に巻きつけてある。そのシンメトリカルな巻きつけ方には、熟練した匠の技を感じる。あるいは、生真面目な狂気みたいなものを。

送り主の欄に、柳沼水奈都の名が記されていた。

目覚めたときの嫌な予感がよみがえる。死んだ女が贈り物などできるわけがない。急いで梱包をはがし、中身を確かめ、思わず箱を投げ出しかけた。

中に入っていたのは、山羊の頭部だったのだ。周囲にドライアイスが敷き詰めてあり、白い煙がわずかに立ち上ってくる。

呼吸が苦しくなり、背筋に寒いものが走る。が、道子は己の内側から湧き起こる恐怖をどうにかやり過ごした。すでに落ち着いて山羊の頭部について思考を巡らしている自分もいた。

山羊の肉は国内でも手に入るものだから、この頭部自体に違法性はないかも知れない。食肉用に飼育されていたものが、食肉処理場で殺され、贈り主がその頭部を手に入れたとも考えられる。ただし、死んだ人間の名で届くことの異様性は計り知れなかった。

忍から聞いた話では、一緒に死のうとした女の背中には、山羊の刺青がされていたという。山羊は円らな瞳を、まっすぐに道子のほうへと向けていた。顔が動き出して自分に飛びかかってくるわけでもない。けれど、その物体ははっきりと脅迫以上の異常性を感じ取らせた。殺意――よりもっと禍々《まがまが》しい何か。まるで呪われた代物のようだった。

忍が事件を深追いしていることへの警告なのだろうか？

気になるのは、箱の縛り方だった。あれは偏執的ではあるが、極度に物を大事にする人間が、特別に大切なものを梱包した感じだった。そこにあるのは、殺意と紙一重の――。

「愛……ね」

忍に電話をかけた。だが、何度かけても電話に忍が出る気配はない。

今度は編集部へ連絡した。溝渕はまだ到着していないようだった。携帯の番号を聞き出し、そっちにかけてみた。

溝渕はすぐに電話に出た。声を殺していた。自宅の電話からかけたからか、溝渕は相手が道子だとすぐにわかったようだ。

少ししてから溝渕の声が大きくなる。どうやら建物の外に出たようだ。

「どうかしましたか？」

溝渕は心配そうに尋ねる。

道子はとぎれとぎれに内容を伝えた。

「ええ！　え！　ま、マジですか……」

自分以上に動揺している溝渕の様子に、逆に冷静さを取り戻せそうな気がした。

「お、落ち着いてください……落ち着きましょう」

溝渕は自分に言い聞かせるように言った。

「あの、とりあえず、すぐに警察に連絡を」

「でも、その前に忍の安否を確かめたいんです。忍はさっきから電話に出てくれません」

沈黙があった。が、やがて、溝渕はこう続けた。

「大丈夫です、華影先生は生きていますから」

「……本当に？」

「ええ。いま一緒にいます。だから安心してください」

「そう……よかった……」

よかった、ともう一度呟いた。そして、電話を切った。全身の力が抜けていく。

けれど、何者かが忍にこれを送りつけてきた事実に変わりはないのだ。殺意のような、偏愛のような、奇怪な贈り物。送り主の思考を、道子は想像する。冷たい真っ白な狂気の世界に、一輪咲く赤い花が見える気がした。その人物は、忍のすぐそばに今もいて、冷たくも激しい情念を抱えているのだろう。

一体、誰が……？

シンメトリーに赤い紐で梱包した用意周到な人物。忍が事件を追い始めたときから、道子にはその人物の特有の匂いを感じることができた。

その人物は、忍が思っている以上に、忍のすぐそばにいるのかも知れない。忍はその誰かの正体に気づくことができるのだろうか？

箱の中の山羊の円らな瞳は、道子の疑問に答えを出してはくれなかった。

「そんなわけで」と溝渕はクリームあんみつを食べながら言った。「たぶん今頃刑事がご自宅へ来ている頃ではないかと。警察が先日の心中未遂事件との絡みを調査するかも知れないですね」

2

新宿《しんじゅく》の甘味処〈夢《む》ン玖《く》〉の店内には三味線が奏でる二十年前のラブソングが流れていた。いかにも安手の、即席で作られたような和室は気に入らなかったが、席と席との間隔が空いているのは唯一好ましい。

麻布を後にしてから、急いで帰ってくださいと騒ぎ出した溝渕をなだめ、甘いものでも食べて気を落ち着けようと説き伏せてここに入ったのだ。

「送ってきた奴の狙いは何だ？　俺への脅しか？　俺が探りを入れていることへの？」

「可能性はあります。水智雄氏に接近したことがバレたとか」

「いや待て。今日運送会社から送られてきたのだとしたら、ちょっと段取りが早すぎる。それに、俺が柳沼の周辺を嗅ぎ回っているからってなぜ山羊の頭部を送りつける必要がある？　それで俺は何を感じとればいいんだ？」

溝渕は慈しむように白玉団子を口に入れながら答える。

「水奈都の刺青を想起させたいのかも知れませんし、次はおまえがこうなるぞ、という警告かも知れません。いずれにせよ、恐怖心を煽《あお》るのには効果的だと言えます」

俺は苦笑した。

「死のうとした人間が山羊の頭部を送り付けられたくらいで何を怖がるというんだ？　俺も殺してもらえるというのか？　手間が省けるだけじゃないか」

「……まだ死にたいんですか？」

「生きていたくないだけさ」

俺は神亀《しんかめ》の宇治抹茶割りを飲み干すと、立ち上がった。

山羊の頭部の送り主は、その性質上柳沼やその部下ではない。もっと、個人的な狂気と結びついているという気がした。

「え、もう行くんですか？」

「ずっと考えていたんだ。水奈都が伊野上みづほに異様な執着を見せていたのは確かなようだ。一方では兄の水智雄に執着していたという証言もある。どちらの説をとるべきか？　どちらかが真ならどちらかが偽となる。確かなのは、水智雄は水奈都が自分を憎んでいたのだと主張していること、それと水奈都はみづほと同じ刺青を自分の背中に施したってことだ」

「まだそれがみづほさんとは決まってないでしょう」

「ほかに考えられるのか？　二人の女が高校の頃に、獅花子のもとを訪れている。つまり――順当に考えれば、みづほだと考えるべきだ。二人の女が同じ刺青をしている。同性だと思うから因果関係が見えにくくなるのさ。もし男女で同じ刺青をしていたら、おまえはその二人を見てどういう関係にあると考える？」

「そんな……それって……つまり……」

「水奈都は同性愛者ないし、バイセクシュアルだったんじゃないだろうか」

溝渕は呆然《ぼうぜん》とした表情になった。

言いながら、俺もまた自分の頭に軽い衝撃が走っているのを認めざるを得なかった。たかが性。だが、その思い込み一つで、真相は安易に隠されてしまうのだ。

「盲点でした……」

呻くように溝渕は言った。

俺はあの女と出会った晩のことを思い出す。

――美しい火よ、どこへ行く？

――どこへなりと、です。今夜なら誰でも襲えそうですし？　ふふふ。

あの揺らめく炎を思わせる微笑。それこそが、みづほという女のものだったのでは、という推測の芽は瞬く間に大きく成長しつつあった。

「みづほのほうはそのことで迷惑していたってことですか……」

「引っ越したのも水奈都から逃げるためだったのかも知れない」

だが、何かが引っかかる。

みづほは卒業を目前にして退学している。教室にいるときなら逃げられなくとも、学校をやめた後は別々の道を歩けばいいだけではないか。東祥銀行の名簿にもみづほという名の女性行員はいなかった。用心して改名していたのだろう。

それでも、わざわざ自殺に見せかけて殺す必要があったのだ。伊野上みづほには何らかの、水奈都から逃げられなかった理由があるということになる。

たとえば——脅されていた、か。

何をネタに脅されていたのか？　それが問題だ。

「これからどこへ行くんですか？」

溝渕は慌ててクリームあんみつをたいらげて、水を飲み、立ち上がった。

「伊野上みづほが昔住んでいたところへ行ってみる。近所の人間は当時の彼女のことを覚えているかも知れない。井荻《いおぎ》といったら、都内に住んでいる人間の感覚ではわりと田舎だ。水奈都の享年が二十三であることを考えれば、二人が高校生だったのはいまから五年ほど前。

それくらいで、周囲の環境が変わっているとも考えにくいからな」

「今から、井荻に行くんですか？　西武新宿線の鈍行なら、新宿から一本で行けますね」

「おまえついて来なくていいぞ」

「何言ってるんですか、ここまで来たら行きますよ！」

編集者というのは時に作家の常識を超えて厄介な生き物だ。西武線沿線の田舎町だろうと、作家が行くとなればついてくるという。そのくせ担当作家は常時二、三十人抱えているというのだから、どういうメンタルで働いているのか気になるところではある。

「勝手にしろ」

俺は溝渕を振り切るように早足に店を出た。もちろん、この世でもっともしぶとい編集者なる人種を振り切れるわけはないのだが。

3

井荻までは二十分ほどで着いた。まだ陽は落ちていない。

俺はスマホに保存した画像データを呼び出し、その住所でＭＡＰ検索をかけた。駅から十分ほどの立地のようだ。

駅の南口にある商店街を抜けた先で左折する。踏切を渡り北側に向かうと、緑の多い穏やかな風景が待ち受けていた。東京とは信じがたいほどの長閑さに拍子抜けする。

いささか見晴らしの良すぎる道を歩いて行くと、目的の住所の場所に到達した。そこにあったのはパン屋だった。休業日なのか、閉店しており、裏口に回ってノックしても誰も出ない。

仕方なく、かつてここに伊野上家があったはずだ、と近隣の人々に訪ねて回った。すると、すぐ近所の女性が一家のことを覚えていた。

「あの家族ね、離婚してばらばらになったのよ」

女性はエプロン姿で、料理の手を休めて出てきたらしいのによく喋った。

「ばらばらに？」

「旦那のほうは、その後もずっと、すぐ近くの、ほらここから見えるあの町工場に勤めていたのよ」

見ると、細道を三本ほど挟んだ先に古びた工場が見える。

「でも数年前に体を悪くして、この世を去ってしまったわ。あんまりプライベートは話したがらない人だった。奥さんとお子さんのほうはどこへ消えたのかわからなくなっちゃったわねぇ」

「旧姓などはご存じありませんか？」

「隣近所ってだけでただの他人なのよ？　奥さんの旧姓なんか知るわけないわ」

それもそうだ。礼を言って家を出た。

続いて、俺たちは伊野上みづほの父親がかつて勤めていたという工場へ出向いた。

「伊野上さんのことが知りたいって？」

頭部の禿《は》げあがった工場長は、汗をかいた額をタオルで拭きながら、露骨に顔をしかめた。

「あの人はあんまり家のことは話したがらなかったからなぁ。それを俺の口からぺちゃくちゃと喋るのはいかがなものか、と思うわけよ」

「死人に口なしだ」

「ひどいこと言うな、あんた」

工場長は呆れたように苦笑した。

「離婚の原因は何だったんです？」と溝渕が尋ねた。

「だからそんなこと、俺が言うことじゃぁ……」

「近所の人は言っていましたよ。工場長が奥さんと不倫していたんじゃないかって」

溝渕という奴は突然大胆不敵な手を打って出る。編集者なんて生き物はしょせん博打うちなのかも知れない。

「馬鹿なことを言うんじゃないよ！」

工場長は激高した。「本気で言ってるんじゃないだろうね？」

「僕はしがない編集者ですが、その気になればすぐにでも記事にしますよ」

ハッタリもここまで堂々とかませば大したものだ。その効果は十分あったようだ。工場長はひるんだ。

「な……そんな昔のことがなんで……。しかもただの一般人じゃないか」

「ところがそうでもないんです。最近巷を騒がせているのが伊野上さんのお子さんかも知れないもので」

「なんだって……？」

「話す気になりました？」

「……君は悪魔か。わかった。俺と伊野上さんの奥さんの不倫なんてのはでっち上げだ。伊野上さんと奥さんとはそもそも再婚で、みづほちゃんは奥さんの連れ子だった。伊野上さんは、その子のことで長年悩んでいた。どうも愛情が持てない、とか言っていてね。それが原因で、奥さんとの間に隙間風が吹き始めていた。そして、みづほちゃんが高校生になったときに一気に表面化したんだな」

「思春期に表面化。それはつまりみづほさんと衝突があったということですか？」

「衝突……という言い方がいいのかどうかはわからん。詳しいことは奴は何も言わなかったからな」

そういって顔を背ける。ここは俺の出番だろう。

「あんたが言いたいのはつまり、伊野上がみづほに手を出したってことだな？　それが、直接の離婚の原因に繋がった、と」

「……知らねえよ。ただ、当時そう思ってた連中は多かったし、その噂はだいぶ長いこと尾を引いた」

「そんなに魅惑的な娘だったのか？　みづほってのは」

工場長は俺の発言に神経を逆撫でされたようだった。が、すぐに遠い目になり、過去を振り返ってそこに在りし日のみづほを描くかのごとく言葉をゆっくりと紡ぎ始めた。

「二、三回見たことがあるだけだが、何とも引き込まれる子だ。本人が挑発的な雰囲気を醸し出しているわけでもない。だが、彼女を見ていると、劣情を催す。もしかしたら拒まれないんじゃないか、という気がふとしちまうんだな」

「あんたも手を出したことが？」

「馬鹿言え。考えることと行動はべつだ」

「そうですね」と溝渕が同意を示す。

仮定してみよう。伊野上みづほの義父はみづほに手を出し、それが原因で夫婦は離婚することになった、と。退学届を出し、母親とともに町を出たみづほは、そのあとどこへ行ったのか。

「伊野上さんの奥さんの友人などは知りませんか？」

「変わった人でね、あまり町の人と交流を持とうとしていなかった。いつもブラックデビルの黒を吸っていたことは覚えているが」

「ブラックデビル……」

「国内じゃ売ってない煙草だ。海外かどこかで買い付けたんだろう」

言われてすぐに思い出すのは、あの晩嗅いだ煙草の副流煙の香りだ。ココナッツのような甘い香りだった。煙を吸わない俺には即座に煙草の香りを嗅ぎ分けることはできない。だが――。

母親の影響で同じ銘柄を吸っていたことはじゅうぶん考えられる。

「離婚と、実際に妻子が町を出るのはどっちが先だったんでしょう？」

「それは、離婚だな。その後しばらくは町にいた。近くのアパートに移って働き口を探そうとしていたのさ。実際、いいパートロが見つかったようではあった。だが、三カ月ほどで出ていった」

「つまり、出ていかざるを得なくなったわけですね」と溝渕が尋ねた。

俺が代わりに追及する。

「あたかも離婚で出ていったような言い方をしてるが、三カ月いたことを考えると、そうとも思えないな。つまり町にいられない事情ができたわけだ」

「小さな町でどんなことが起こるかは誰でも想像できることさ。否定はしない」

「なるほど」

妻子は、離婚の理由として伊野上と娘が男女の仲になったと噂を立てられたのだろう。そして、その噂から逃げるために、誰にも告げずに町を出ることになった。

「伊野上さんの奥さんは昔バレエ教室を開いていたこともあるくらいの芸達者で、家でみづほちゃんにも稽古をつけていたらしい。そのせいだろうな。みづほちゃんはいつも姿勢がよくて何とも見ているとハッとさせられるところがあったね」

俺はあの晩、初めて会ったときに女の軸足のブレない歩き方から踊りを習っていたのではないかと感じたことを思い出した。やはり、あの女は伊野上みづほだったのか……。

卒業を前に退学届を出し、母親と行方《ゆくえ》を晦《くら》ましたみづほが、大人になってからばったり水奈都と出会ったとしたらどうなる？

水奈都は過去の話を持ち出し、みづほを強請《ゆす》ったのかも知れない。金持ちの水奈都のことだ。目的は金ではない。ほしいのはみづほの愛情だったはず。クラスメイトが証言していたように、水奈都は以前からみづほを好きだったのだ。

今度こそ手放したくないと考えた水奈都は、過去をばらされたくなければ、と関係を強要する。みづほは決死の覚悟で逃げるために、水奈都殺害を思いつく。そして、そのために心中計画を企てる。

〈ＢＡＲ鏡花〉で偶然俺の自殺願望を聞きつけたみづほは、俺のデビュー作を読み込んで、その舞台となった神社の前で待ち伏せ、運命の出会いを演出する。

結果はご覧のとおり。俺は餌に食いつき、彼女は労せずして計画のためのパーツを手に入れることに成功したのだ。

「ありがとうございます。お忙しいところ失礼いたしました」

溝渕に合わせて、俺も頭を下げ、工場を後にした。

4

「どうしましょう？　どうやら袋小路に入り込んだみたいですよ。もう僕たちは伊野上みづほには到達できません」

工場を出たところで、溝渕は新品の眼鏡を拭きながらそう言った。

「そうだな。みづほが水奈都に何をされ、それを受けてどんな復讐を企て、それを実行したのかは想像に難くない。俺はそれに巻き込まれた被害者だからな。だが、そこまでわかっても、伊野上みづほ自体には一向に到達できないらしい。ほかの経路なら可能なのか……」

「でも、山羊の頭部を送ってきたことからも、華影先生にこれ以上事件を追ってほしくないと思っているのは確かですよね。ということは、事件を追っていることがわかるほど近くにいるってことでもあります」

「近くか……」

俺のすぐそばにいて、みづほは今も俺を監視しているのだろうか？　殺人罪がバレないように？

電話がかかってきたのはその時だった。

電話の主は道子だった。

「どうした？」

「たったいま刑事さんが帰っていったわ」

「山羊の頭部の件か」

「ええ」

「それで？　犯人はわかったのか？」

「いいえ。送り状は印刷文字だったし、箱からは指紋も検出されなかったわ。山羊の頭部自体は、処理の仕方から判断して、食肉処理場で適切に処理されたものらしいの。廃棄されるはずの頭部を誰かが従業員から買って送りつけたのね」

「食肉処理場の特定は？」

「難しいわ。食肉処理場では使わない部位は日々廃棄されているもの。宅配を依頼された営業所も、送り主の顔は覚えていないそうよ」

「来た刑事は磯山か？」

「いえ、べつの刑事だったわ」

「警察は水奈都の事件との関連性は調べているんだろうか？」

「それはどうかしら……ただ、私はあなたが考えているのとは全然違うことも考えられると思うの」

「どういう意味だ？」

「あなたはいま、心中するつもりだった女性のことを疑っている。その女性は存在したかも知れないし、しなかったかも知れない。でも、いったんフィルターを外して、まったく関係ない刺客による犯行の可能性も考えてみるべきだと思うのよ」

「関係ない刺客だって？」

「もしかしたら、柳沼水奈都を殺したのは、水奈都と無関係の女かも知れないわよ」

「たとえば？」

「たとえば――あなたをずっと見張っていて、あなたのことを恨んでいるか、反対に、愛しすぎている女性、とか」

心当たりは残念ながらありすぎた。

「その場合、やはりあなたの刹那の恋のお相手は、柳沼水奈都その人だったということになるわね。そして、あなたを恨むか独り占めするかしたい女性は、水奈都さんに嫉妬し、許せないと考えて何らかの手段で侵入し、筋弛緩剤を飲ませる」

「無茶な……」

俺は思わず黙った。彼女の推理にはいろいろと無理があったが、あえてそれを指摘するまでもあるまい。

それにしても、なんだ、いまのは。ただの推測を述べただけなのか。それとも――。

まさか、道子自身が？

馬鹿げた考えだった。道子にそんな度胸などあるわけがない。彼女はどれほど俺が浮気をしてこようとこれまで何もしてこなかったのだ。それを今さら殺人など、ありえない。

第一、オートロック式の個室の中に、俺に恨みをもった女が入り込むのは不可能に近い。万一、水奈都がうっかりドアを開けて招き入れたにせよ、強制せずに毒薬を飲ませるのは難しいだろう。

一方で、女に恨まれる理由なら百以上もっているのも確かだった。

「馬鹿なことを……それよりもう少し現実的な推理材料がある。今日、水智雄から聞き出した。奴は隣の部屋にいて、そこにすでにあった水奈都の死体を手紙の指示に従って運びこんだと証言している」

「あなたのことで話がある、と隣室におびき寄せて筋弛緩剤を飲ませて殺してから、彼女のケータイの電話帳から水智雄さんを呼び出したのかも知れないわ」

俺は想像する。あの晩に、俺のストーカーである女がどこからか一部始終を見守っていたところを。千鳥足で旅館へ向かう俺たちの尾行なんて造作もないことだったろう。

「もちろん、いまのはただの仮説。私はただ、あの贈り物を見たとき、その梱包の丁寧さから深すぎる愛情を感じたの。送られてきたものの禍々しさとは対照的な赤く色づいた想いよ。その人物は、あなたに偏愛を抱いている。いささか狂気じみてはいるけれど、あの贈り物は愛による行為だと私は思うの。だから、それが誰かはわからないけれど、あなたは事件の表層よりも、その人の愛を省察しないことには、真相に到達できないような気がするわ」

「……もう到達は諦めている」

一瞬の沈黙があった。それから、苦笑交じりに「あなたらしいわね」と答えた。

「あなたがそれでいいのなら、私に異論はないわ。今夜はうまく眠れるといいわね」

その声には、微かな安堵の色も交じっている。

「たぶん、家には帰る」

「となりに寝るとは言っていないわ」

「……すまない」

「眠りたいからって謝らないで」

電話は無慈悲に切れた。魂胆が読まれたようだ。

蟬《せみ》の鳴き声が、すぐ近くで突如聞こえた。

5

「道子さん、何て言ってたんですか？」

商店街のパスタ兼珈琲店に入ると、溝渕がしびれを切らしたように聞いてきた。どうせ尋ねる気なら我慢などしなければよいのに。

「何も……」

焦《じ》らすつもりはなかった。ただ、頭のなかで収拾がついていなかったのだ。

「教えてください。すべての可能性には検討する価値があるんです」

仕方なく俺は道子の推理を話した。溝渕は神妙な顔になり、深く頷いた。

「まったく、思いつきもしませんでしたね。そうか、華影先生の身辺のほうを追うべきだったのか！」

溝渕は興奮冷めやらぬふうに言った。

「ただの憶測に過ぎない」

「そうとも言えませんよ。たとえば、その女性は過去に華影先生と関係をもち、挙げ句捨てられたことを恨みに思ってる。そこでお二人の跡をつけ、女を殺してしまうのです」

「俺が睡眠薬を盛られた件はどうなるんだ？」

「それは水奈都だったんでしょう。きっと水奈都は直前になって死ぬのが怖くなったのです。それで、睡眠薬を飲ませて先生を眠らせ、その隙に逃げようと考えた。そこへ電話が鳴り、電話の主は華影先生のことで伝えたいことがあると言う。隣室へ向かうと女にどうやってか水奈都自身の所持していた筋弛緩剤を盛られ、殺された」

「死体に強要された痕跡はなかった」

「女は一人じゃなかったのかも知れません。誰かべつの人間がいて二人がかりで脅せば拘束などはせずとも……ああ、ダメか……」

「女将は隣室にはまず地味めの服装の女がチェックインし、そのあと女が出て行くのと入れ違いに夜遅くに水智雄がチェックインしたと言っていた。それ以外の出入りがあったとは言っていない。百歩譲って俺に恨みをもった女の犯行だとして、俺が女を抱いたのなんてその日に限らないんだぞ？　この日だけ女遊びを許さなかったのはなぜだ？」

「そりゃあ……華影先生に逃げ場がないことを教えるためです」

溝渕はしぶとく俺を恨む女説にしがみつく気のようだ。

「なぜ心中未遂で俺だけが生き残ることが、逃げ場がないことになるんだ？」

「先生も鈍いですね。つまり、先生は死んでラクになろうとしていた。でも彼女は華影先生に対してこう言いたかったのです。〈あなたを簡単には死なせない、殺すのは自分だ〉と」

「それで、相手の女だけを殺したのか？　あまりに手間のかかった復讐だな」

「山羊の頭部を送ってくるような女ですからね、かなり執念深いうえにエキセントリックな人物でしょうね」

執念深く、エキセントリックと聞いて一人の女性の顔が思い浮かんだ。

――ただあなたが不幸になる瞬間が見たいだけよぉ。楽しくなりたいの。わかるでしょ？

とにかく楽しくなりたいのよぉ。楽しく楽しく楽しく楽しく楽しく楽しく楽しく楽しく。

川瀬成美だ。会社を辞めた彼女は俺の周辺をうろつき続けていた。事件のあった夜にも、彼女は俺のあとを尾けてきていたのだ。

成美が——水奈都を殺した？

まさか……。

電話が鳴る。

スマホを取り出して画面を確かめた。

電話の主は、磯山刑事だった。

「聞きましたよ。山羊の頭部が送られてきたそうで」

「自作自演だとでも言う気か？」

どうせまだ俺を疑っているのだろう、と敵意を向けた。が、磯山は朗らかに笑っただけだった。

「滅相もない。読者からの嫌がらせでしょうかね。亡くなった女性の名で送られてきたそうですが、今の時代、死者の名前なんていくらでも調べる方法はありますから。先生もいまや有名人ですし。そっちの件はべつの刑事が調べてくれてると思いますからご安心を」

「俺の心中未遂との関連性でも調べてるのか？」

「関連性……ですか。ないんじゃないですかね。あの一件は自殺で片が付いていますし、昨日の電話でも伝えたとおり、華影先生が考えているようなべつの女性も存在しないことが明らかになっています。もう我々があの一件について調べることはないでしょう。水奈都さんのご遺族ももうこの件は忘れたいようですしね」

水智雄は俺に弱みを握られたことで、警察に俺を監視するのをやめさせたのだろう。磯山ははじめから事件の深追いをする俺をけん制し、すべてが俺の妄想である物証を早めに取り揃えて提示したりしてきた。直接的にか間接的にかはわからないが、柳沼家の圧力に従っての行動だったのは想像に難くない。

いまこの電話で彼の言う〈明らかになった〉ことを覆すこともできるが、それよりも彼が何の目的で電話をしてきたのかが気になった。

「じゃあ何しに電話をかけてきた？」

「先生にもう少しご自分の身の危険についてお考えになられたほうがいいということをご忠告したかったのです。我々は皆さんをお守りする義務がありますが、いつまでも一人の人間に張り付いているわけにはいかないんです」

「ご忠告、肝に銘じておこう」

電話を切った。馬鹿馬鹿しい。自分が柳沼に言われて俺に張り付かなくてよくなったことを告げたかっただけではないか。

それから、溝渕に言った。

「この件はこれでおしまいにする」

「え、そんな……。殺人犯がまだ捕まっていないかも知れないんですよ？」

「知ったことか。そいつが俺を殺してくれるなら、いつでも俺は殺されるよ」

死ぬのは怖くはない。ただ、たった一人で自ら死にゆく勇気がもてないから、伴侶を求めてきたのだ。

もしも成美が俺を殺すというならそれもいい。俺は笑った。

溝渕はそんな俺を怪訝な顔で見ていた。

「華影先生、大丈夫ですか？」

「飲みに行くか」

「……まあ先生が本当にそれでいいのなら」

「重版祝いがまだだったな」

「まだかかってないですからね、重版は」

溝渕ははあと溜息をついた。それから、へなへなとしゃがみこんだ。

「なんだかどっと疲れが出てきましたよ、僕、もう今日は歩けそうにありません……」

どうやら、一日気を張り続けていたらしい。何とも情けない声を上げる。俺はそんな溝渕の頭を乱暴に撫でてやると、やってくるタクシーに向かって手を挙げた。

6

電話を切ると、磯山は溜息をついた。

どうも困ったことになった。

「やっこさん、いよいよ本気だなあ……」

彼はある人物を尾けながら、そう独りごちた。その人物は、さっきから刃物屋の前に白いソアラを停《と》め、ナイフを物色している。覚悟は固いというわけか。

心中するつもりだった女は水奈都じゃないという思い込みのもとに、華影忍が行動するのをやめさせるまでが、磯山の本来の役割だった。

そのために、旅館を訪れて証言をとり、華影に電話をかけてべつの女などいないと説明したのだ。

ところが、華影はそれでも調査をやめなかった。業を煮やしつつ、一方でそのあいだもずっと華影が身の危険に晒されていることにも気づいていた。それゆえ、磯山としては何かが起こる前に華影の身柄を保護することまで考えていたのだ。

　ところが、その前にどういうわけか柳沼水智雄から、もう華影のことは放っておいてよいとのお達しが入り、同時に上司からもべつの事件を割り振られた。

　内心では、この事件は存外一筋縄ではいかない、とも思い始めていた。事件から離れるのは不本意だった。たしかに女将の証言もあり、べつの女がいなかった以上、華影がただ幻を追っているだけとも言える。

　だが――幻を追っているにしては、あまりに華影の探偵ぶりはまともだった。磯山はもう少し華影の探偵ごっこの行方を追いたい気持ちになっていたのだ。ひょっとしたら、思いがけぬものがどどどっと出てくるのでは、と。柳沼水智雄があんなにも必死になっていたのもわけがありそうだ。

　しかし、上司が右向けと言ったら右を向くのが公務員というものだ。いつまでも終わった事件に関わり合っているわけにもいかない。事件は片が付いているのだ。潔く忘れるべし。山羊の頭部だって関係ない。被害者の不気味なタトゥーを連想させなくもないが、偶然だろう。無関係な読者からの嫌がらせの一種と納得するのがよい。

　ただ一つ、気がかりなのが、いま尾行している人物だった。

今はたまたま空き時間だからこうして尾行をしているが、いつもできるわけではない。かと言って、今の段階でこの者を捕まえることは不可能。

「現行犯か……難しそうだなあ」

磯山はぶつくさ言いながら、ゆったりとした足取りでその者の跡を追った。願わくば、犯行を思い立つ瞬間に、自分が出くわせるように、と祈りながら。

7

その晩は〈BAR鏡花〉でたらふく飲んだ。ここ数日間の陰気で、張りつめた日々からの解放感が、俺たちを酔わせた。もっとも、溝渕は一滴も口にしてはいないのだが。そうして夜も更けるまで飲んでいると、また溝渕がくだを巻いた。

「僕はなんとしても華影先生に一旗揚げてほしいんですよぉ」

この男は飲めないくせに、すぐに雰囲気に酔わされる。

「要らない期待はするな。俺はそのうち死ぬ」

「もう死なせません！　どうしてそんな道子さんが嘆くようなことばかりするんですか！これじゃあ道子さんがあんまりかわいそうすぎます！」

「だから、おまえこそそんなに道子が好きならくれてやるから。ほれ、喪服のあいつは案外美しいかも知れんぞ。そしたらまた惚れる材料ができる。俺の葬式であいつを口説け」

「もう、本当に呆れます！　僕はそんなんじゃ……」

「道子の喪服姿を想像してみろ」

「やめてください！」と言いながらも一瞬溝渕が上を向いた。想像した証拠だった。

「ふふ、どうだ、美しいだろう？」

「ば、馬鹿なことを！　もう帰ります！」

「まあまあ、そう言わずゆっくり飲めよ。帰るのは俺のほうだ」

「え、先生もうお帰りになるの？」

鏡花が残念そうに言う。

「ああ。今夜はいくら飲んでも酔えそうにない」

俺はボウモア十二年のストレートを飲み干して立ち上がった。

「華影先生、絶対に芥川賞とりましょうね」

「だからそんな期待はするなと言っているだろうに」

「絶対ですからね！　絶対とるんですから！」

俺はあいまいに頷きながら店の外に出た。

闇が、俺を見据えている。

あの晩と同じ。

背後に足音を聞いた。

振り向いてその正体を確かめ、そこにいるだろうと思っていた女の姿を発見した。

成美が立っていた。

彼女は微笑みながら俺を見つめた後で、ゆっくり歌うような口調で言った。

「よかったわよぉ、ここで会えてぇ。うれしぃうれしぃうれしぃ」

身構えた。この女が背後に隠し持ったナイフか何かで俺は刺されてこの世を去るのだ。成美はエキゾチックな奥二重の目を細めていた。花柄のドレスは彼女の過度な美意識の顕《あらわ》れか。

磯山の忠告が脳裏をよぎる。

――先生にもう少しご自分の身の危険についてお考えになられたほうがいいということをご忠告したかったのです。

それから、道子の言葉も浮かんできた。

――あなたは事件の表層よりも、その人の愛を省察しないことには、真相に到達できないような気がするわ。

この女が、水奈都を殺し、山羊の頭部を送り付けてきたのか。

「出版社にも匿名で電話したのに行き先教えてもらえなかったんだけど、どぉおおおおいうことですかぁあああ。この何日かずぅううっと探してたんですけどぉおおお」

「君が勝手に遠回りをした」

成美は懐からナイフを取り出した。

「心中に失敗したんですってねぇええ？　残念だわぁ、残念だわぁ、かっこわるいわぁ。でも、名案よぉ？　ここで私があなたを刺して自殺すれば、今度こそ心中成功。あなたの望みも、私の望みも叶うってわけ。すごーいすごーいすごーい。すごいでしょぉ？」

成美は引き攣った笑みを浮かべた。極度の興奮状態にあるらしい。事前に酒でも飲んできたのか。明らかにこれまでとは彼女の覚悟が違っていることに気づく。

ついに一線を越えたか。

「山羊の頭部を送り付けてきたのは予告状のつもりか？」

「何の話？」

「山羊だよ。君がうちに送り付けてきた」

「何言ってるのかわからないわぁ。意味のわからないことを言って攪乱《かくらん》させようとしてもぉ、そうはいかないわよぉ？　私の意志は固いの。あなたと……あなたと死ぬのあなたと死ぬの
あなたと死ぬのぉ……！」

「待て……！」

どういうことだ？

俺は混乱しながら、刃先が近づくのを見守っていた。避けようとする暇さえなく、成美は猛進してくる。

だが――突然、成美の身体が横転する。横から彼女に覆いかぶさったのは、磯山刑事だった。

「無駄な抵抗はおやめなさい。あなたが華影先生の周辺をうろついていることはずっとわかってたんですよ」

「放して！　放してよ！」

暴れる成美を、磯山はうつ伏せにして両腕を背面に回して手錠をかけた。

「川瀬成美。ストーカー行為及び殺人未遂の現行犯で逮捕する」

磯山は俺の顔を見た。

「ご無事で何よりです。私は確かにあなたと水奈都さんの関係性を疑問視していましたし、先生が考える心中相手別人説を否定する根拠を探していました。でも、あなたの周辺を監視していたのは、実はそれとはまったく関係ない理由だったんですよ。先生の入院された日、病院の近くで不審な女性を見かけましてね。ずっと気になっていたのです。だから、時折先生と接触を図ることで、注意を喚起していたわけです。ご不快な思いをさせてすみませんでしたね」

「いや……いいんだ……」

地べたに這いつくばったまま、なおも成美は俺を睨みつけていた。どうせ数年で出所する。そうなれば、彼女はまた俺を狙うのかも知れない。仕方のないことだ。俺自身が蒔いた種なのだから。

それよりも、気がかりなことがあった。頭のなかは霧に包まれていた。

彼女が柳沼水奈都を殺し、山羊の頭部を送り付けてきたのではないのか？　ほかに俺のことを恨んでいる女は――。もちろん探せばいくらでもそんなものは考え付くだろう。

だが、一つ、当たり前のことに思い至る。

あの刺青を知る者でなかったら、いくら俺を脅迫するにせよ、〈山羊の頭部〉を贈るという選択は出てこないということだ。

成美が連行されていく後ろ姿を見送りながら、俺は全身に忍び寄る悪寒と戦っていた。

やはり――犯人は柳沼家の近くにいるのか？

俺はあの晩抱いた女の目を思い出す。

見開かれた瞬間に露になった三白眼。

そんな目をほかにどこかで見たことはなかったか。

だが、記憶の箱をひっくり返しても、どこにもそんな女はいなかった。

近づいてくるパトカーのサイレンの音を聞きながら、俺はゆっくりと溜息をついた。

8

帰宅すると、道子はたった一日のうちに窶れてしまったように見えた。

「お帰りなさい」

そう言って、すぐに寝室へ引っ込もうとする道子を、俺は背後から抱き寄せた。抵抗はなかった。

「かわいそうな人」と道子は言った。「あなたは生を包み込まれるだけでは足りないのね。きっと何度でも、死の伴侶を求めるでしょう。生と死の、そのすべてをまるごと包み込んでほしいと思っている。どうしてそうなの？　早くにお母様が亡くなったから？　あなたは浜に打ち上げられた魚のようだわ。いつも息苦しそうに見える」

「気に障るくらい頭のいい女だな。だが、今夜くらい黙れよ」

俺は彼女の首筋に唇を這わせた。道子は喘ぎ声を上げていく。久々に感じる、道子の柔肌だった。

服を脱がせ、そのたわわな膨らみと先端の薄紅をそっと嚙《か》む。この果実は不思議とどれだけ弄んでも色が褪《あ》せることがない。代謝がいいのか、それとも単にそういう仕様なのか。

俺にとって彼女のそれは生の果実だった。

道子の指摘は正鵠《せいこく》を射ていた。彼女は俺の生のすべてを包み込む。俺は心のどこかで、つねに生と死の両方を包み込んでほしいと願っている。

そして、それができる女とは、共に死ぬことはできても、共に生きることはできない。こと果てた後、道子は背を向けたまま、掠《かす》れた声で言った。

「愛しているわ。それが私の世界のすべての意味なのよ。あなたに愛されているつもりなんか微塵もないし、あなたが誰を愛しているのかなんて本当にどうでもいいことなの。私はあなたがどこに消えてしまおうとも、ここにいてあなたを待ち続けるだけよ」

俺がいくら道子の内面を憶測してもたどり着けなかった答えを、彼女はさらりと語ってみせる。改めて、怖い女だ、と思った。自分はこの女に一途になることが、ただ怖いのかも知れない。道子の頭を撫でた。

「……眠れ」

「いいえ、眠るのはあなた」彼女はこちらを向き、俺の手を自分の左の乳房へと持っていった。いつもの感触が、掌に充足を与えていく。「お眠りなさい。そしてつかの間、すべてを忘れたらいいわ」

彼女は俺の髪をそっと撫でた。俺を包み込む気か？　おまえにそんな真似ができるわけがない。そう思うのに、意識はそれに抗《あらが》おうとしなかった。

気が付くと柔らかな睡魔に襲われていた。まどろみのなかで、俺はあの晩の〈伊野上みづほ〉を求めていた。そして、その姿が唐突にある女と重なった。

あの女——。

なぜそう思ったのか。それは目覚めてからゆっくり考えればいいことだった。

終章　皮膚の騙《かた》り

「まだ何か用なのか？」

　柳沼邸のゲートの前で俺と出くわした水智雄は、ベンツの後部座席から顔を出し、全身を強張らせた。

　運転席には例のボディガードのうりざね顔の姿があった。俺を見ると、かの者は冷笑を浮かべた。先日の病院での件で俺の優位に立っているつもりなのだろう。その後の逆襲を知らないのだ。

「デートか？」俺は水智雄に反対に尋ねた。

「仕事だ。何しに来た？」

「妹さんの位牌《いはい》を拝みに来ただけさ」

「……家の者が中にいる。案内してもらえばいい。終わったらすぐに帰ってくれ」

　それから水智雄は車の窓を閉めると、うりざね顔に車を出すように促した。車はゆっくりと発進していった。

と、そこへ電話がかかってくる。黒猫だった。奴は相変わらず刺青について調べていたようで、要らぬ知識をまくしたてた。俺はそれにある程度付き合った後で、「悪いがもう俺は真相にたどり着いた」と告げ、電話を切った。改めて建物の外観を正面から見た。

以前来たときは夜だったが、昼間に入ると、より一層その擬洋建築は鹿鳴館の面影を感じさせた。白い外観はルネサンス様式で、アーチ型の窓や外壁のレリーフなど、一つ一つが丁寧に造りこまれている。俺は広大な庭を横切り、例のテラスの手すりを飛び越えた。今日はカーテンが開いており、部屋の中が確かめられた。

中には人工芝が敷かれていた。どうやらそこでゴルフの練習ができるらしい。窓に手を当てると鍵がかかっていないらしく簡単に開けることができた。中に入って窓を閉める。

白いボールがころころと俺の足元に転がってきた。

部屋の奥のほうに、パターゴルフ用のホールが設けられている。俺は転がってきたゴルフボールを拾い、そっと転がして穴に入れた。

拍手をする音がした。

「お見事ですわね」

壁際の、黒檀《こくたん》の箪笥《たんす》と同化するような黒のワンピースを着た亜理紗が立っていた。

「まだ喪に服しているのか？」

「もちろんですわ。お茶でもお入れします？」

彼女は、あたかも俺が入ってくるのを予期していたかのように自然に振る舞った。

「珈琲を頼もう」

彼女は室内の子機で内線ボタンを押し、珈琲の支度を命じた。

それから、黒檀の箪笥の前にあるダークブラウンのテーブルを示し、こちらへと俺に声をかけた。その態度は先日までの奥ゆかしさと艶めかしさの同居した雰囲気とは違い、すでに女主人の風格を感じさせた。

「もう籍を入れたのか？」

さっき水智雄が「家の者」と言っていた。

「まさか。家族が亡くなったんですのよ。あと一年は延期ですわ。それにしても、この屋敷はとても退屈。一人でいるのはつまらなくって耐えられそうにありません」

蝶が花の間をひらひらと飛びかうように、彼女の手は歩く途中の壁に触れ、植物に触れた。

それから戻ってきて、俺の斜め隣へ腰かけた。

「ご安心くださいな。ここには監視カメラはございません」

その言葉は、無言のうちに次の動作を促しているように感じられた。

「それに、水智雄さんは私に興味などありませんから」

彼女は足を組んだ。スリットから肌理《きめ》の細かい白い素肌が覗く。

「運命はもう舞い降りていたんだよ。あの夜から」

もっと早く気づくべきだった。水智雄に寄り添い、俺の動きを把握している女。そして、はじめから俺に事件と関わるなと警告していた女。

それに――昨夜思い返したのは、仮通夜の夜に触れた太腿の感触だった。一度見知った女の顔、スタイル、趣味、性癖に至るまですべてを把握してしまうことから〈歩く女百科全書〉の異名をとる俺は、もっと早くに自分の触覚を信じるべきだったのだ。

もう一つ昨夜脳裏をよぎったことがある。上野で会ったとき、彼女がサングラスをしていたことだ。彼女は「慣れないコンタクトで目が少し腫れているだけ」と言った。彼女が慣れないコンタクトをしたのは何故だろう？　そのコンタクトはどのようなものだったのだろう？　視力をを上げるのではなく、ファッション的なものではなかっただろうか。たとえば、黒目を小さく見せるような――。夜だったから仮通夜では判別できなかったが、あの時もすでに目は腫れていたのかも知れない。

その推理が正しいのか、実際に確かめる必要がある。まだ俺は彼女が目を見開いたところを見たことがない。彼女の目は三白眼なのか？

「私は逃げも隠れもしませんわ」

「なら、俺と今度こそ死ねるか？」

「死ぬのはいやですわ。どこか素敵なところへ連れていってくださいな」

抑制されていた淫らな女の顔が覗く。開花した彼女の魔性を見ているうち、この女だったのだ、と確信するに至った。目を見開かせるまでもない。

この亜理紗こそが、伊野上みづほ。あの晩、〈柳沼水奈都〉を名乗った女なのだ。

彼女は柳沼水奈都に脅かされていた。恐らく、何か明かされたくない過去を握られていたのだろう。あるいは、水智雄にばらすと脅されていたのかも知れない。

そこで亜理紗は水奈都を何らかの方法で殺し、今度は水智雄に連絡を入れて、水奈都の死体を移動させた。ほかの者ならともかく、水奈都が愛した女、伊野上みづほが飲み物を勧めれば、そこに筋弛緩剤が大量に入っているなどとは考えもせずに飲んだことだろう。

亜理紗は自らの過去を葬り去るために柳沼家に近づいたのだ。

そして、そんな彼女の画策も知らずに、水奈都は亜理紗の過去の何かをネタに脅してきた。

亜理紗は屈するふりをして関係をもち、一方で心中未遂に見せかけて殺す機会を探し、相手役にふさわしい男を探し求めていた。

それが——俺だ。彼女はあの晩、俺を睡眠薬で眠らせた後、隣の部屋で待ち合わせをしていた水奈都を筋弛緩剤で殺し、自分の着ていた服と水奈都の服を交換すると、メイクを落とした後で水智雄への置手紙をして逃げたのだろう。

水智雄は自身の秘密がばらされることを恐れ、死体を移動させる。披露宴が延期になったのも、計算の一つだったか。あまり表舞台に立ちたくない理由があるのだろう。

問題は、水智雄の秘密とは何だったのか。それと、亜理紗はなぜ水奈都に脅されることになったのか。

いま、亜理紗は俺にここから連れ出せと仄めかしている。つまり、もう目的を達成したということか。そう言えば、水奈都の預金が死の前後にほぼ全額下ろされていたという話を思い出す。すでにうまく自分の口座に移し終えたのだろう。

「わかった。どこでもおまえの好きなところへ」

あの晩がよみがえる。ライチのように硬さと柔らかさのあわいを彷徨う唇。

逃げようとするその手をそっと捉え、抱き寄せて唇を奪った。彼女は抵抗しなかった。

唇の感触――思考が止まった。どういうことだ？

もう一度唇を貪るふりをして彼女のスカートの下に指を入れ、スリットをめくってみた。

刺青が、ない。

あの夜の女ではない。太腿に刺青がないばかりではない。唇の感触もまるで違うのだ。似ているのは、皮膚の感触だけだった。その肌の肌理の細かさばかりが類似していただけなのだ。

唇を離すと、亜理紗は俺から身を離した。

外で、車の音がしたからだ。

彼女は慌てて赤い縁の眼鏡をかけた。眼鏡を――。恐らく、葬儀の夜には赤い色が不謹慎だからとコンタクトに変えたのだろう。だから、翌日に目が腫れたのだ。黒目を小さく見せるコンタクトなんかではない。

「今夜、門の前で待ち合わせましょう？　必ずよ。私を遠くへ連れて行って。あなたとならどこへでも行きますわ」

「……死の淵以外なら？」

「ええ。この世のどこかなら、どこでも」

頷き返しながら、待ち合わせの場所に俺が現れることはないだろうと思った。この女はあの夜の女ではない。

あとは何を話したのか覚えていない。とにかくその場を離れたいと思った俺は、ひたすら亜理紗の言葉に適当な相槌を打った。

何より、触覚は嘘をつかない。どんなものよりも、直接的に俺の主観と結びついている。そして、俺の主観ほど客観的なものは存在しないのだ。俺は触覚で世界を知覚する。いかなる女も、いかなる芸術も、己の感性で直接触れてみないことには何も満足しないのだ。

だからこそ、はっきりと俺にはこの女ではないとわかった。

では――あの晩俺と寝た女は誰なのだ？

「よく聞こえなかったな。おまえ今、何と云《い》った？」

尾崎が不機嫌に尋ねた。

菜穂子は尾崎の美しいものを紡ぎだす手を撫《な》でる。

「ですからね、貴方《あなた》には申し訳ないのだけれど、わたし、徳兵衛と寄り添いたいの」

「おまえ何を……」

だが、尾崎は菜穂子の様子から、まんざら世迷言《よまいごと》を云っているのではないことを悟る。こうしたことには、察しが良《い》いのだ。

「よくいるのだ。俺の作る人形に魂を奪われる者がな。だが、大抵は追い返す。できることなど何もないからだ」

「わかっています。本当に。でも、いま貴方はこう仰《おつしや》った。大抵は追い返す、と。つまり、裏を返すならば、追い返さなかった者がいる。違うです？」

尾崎は黙った。まるでそのまま鉋《かんな》か鑢《やすり》にでもなってしまったのではないかと思われたほどである。

「貴方がわたしの夫なら、この願い、叶《かな》えてください」

菜穂子は徳兵衛と誓った。一途《いちず》であることを見せる、生半可な想いでないことを見せる、と。それにはどうしても尾崎の手が必要であった。

今宵《こよい》もまた、美しい月である。

そして、月の光は、室内に侵入し、菜穂子の頬を照らしたのだった。

「愚かな。じつに愚かな。かくも美しいと云うに」

「相済みません。でも、わたし、人間にしては愚かすぎると、思いません?」

菜穂子が笑うと、尾崎は泣いているような顔で笑った。

それから、菜穂子は最後にもうひと押し、駄々をこねた。

『がらてあ心中』抜粋

最果てへの序章　牧神は笑う

　俺は己の疑問を悶々と抱え、腑に落ちないまま柳沼邸を正面から出て行こうとした。すると、ちょうど玄関のドアが開き、人が入ってきた。そう言えば、さっき外で車の入ってくる音がした。一瞬、逆光で姿が見えず、そのシルエットからスーツを着た人物であることだけが辛うじて判断できた。

「お忘れではありませんね？」

　その声は——。

「何を？」

「約束が破られたときは、あなたの命を預かることになる、と私が言ったことを」

「おまえは……」

「奥で少し喋っていきませんか？　ご安心ください。命を預かるとは言いましたが、奪うとは言っていませんから」

　ドアが閉まる。

逆光が消え、その正体がはっきりと確認できた。

あの、うりざね顔のボディガードだった。水智雄をどこかに送り届けて戻って来たようだ。

サングラスに陽光が当たり、光を反射させる。

「奥へ通してもらえるとは、ずいぶんなＶＩＰ待遇だな。だが、暴力は抜きで頼むぜ？」

俺はうりざね顔に従うことにした。するとかの者はついて来いとばかりに二階へと螺旋《らせん》階段を上り始めた。

「わが物顔で屋敷を使っているじゃないか」

俺の言葉に、うりざね顔は答えなかった。苦手なタイプだ。俺の優位にことを運ばせないタイプ。思えば、病院で痛めつけられたときも、あるいは仮通夜であいさつしたときから何となく苦手だったような気がする。

うりざね顔は口笛を吹きながら階段を上っていく。

そして、二階の突き当たりにある、薄暗い部屋のドアを開け、中に入った。俺もそのあとに続いた。

その室内は、映写室になっているようだった。

「座ってください」

言われるままに腰かけた。

「これから、ちょっとした上映会を開始します。大丈夫、長くはありません。ほんの五分、いや、三分程度です」

うりざね顔はそう言うと、デジタル・プロジェクタの準備を始めた。室内はその間、手元の灯り以外はほぼ真っ暗だった。

「まだ死にたいですか？」

暗闇に、尋ねた者の声が柔らかく響く。

返事をせずにいると、もう一度尋ねられた。

「まだ、死にたいです？」

さっきよりも微かに高い声色。そして、奇妙なしゃべり方。

「おまえは——」

俺が疑問をさしはさむ前に、映像が始まった。

それは二人の女子高生を映したものだった。一人は水奈都。もう一人は、恐らく伊野上みづほであろう少女。ショートヘアの、淡泊な顔立ちの美少女だ。彼女は何も感覚がないようなまなざしでカメラを見ていた。

水奈都は背後から彼女の身体をロープで縛ると、シャツのボタンを外し始めた。少女の真っ平らな胸が露になる。

「止めろ……もういいだろ」

だが、うりざね顔はまだ映像を止める気はないようだった。やがて、みづほは上半身の衣類をすべて剝ぎ取られた。背中の山羊の刺青が姿を現す。それが、俺があの晩に寝た〈女〉であることを間違いなく証明していた。

唐突に、うりざね顔の唇が、俺の唇をふさいだ。ライチのごとく、硬さと柔らかさのあわいを漂う触感。

あの晩の、接吻がよみがえった。

「お久しぶり、私の名は篠山《しのやま》みづほ。旧姓、伊野上。昨日は井荻のほうまでご苦労さま。私の体の片割れは、ちゃんと受け取ってもらえたです？」

「片割れ？」

「私の背中に刻まれた私の魂の半分——山羊の頭部です」

「おまえは……」

彼女は、サングラスを外した。

三白眼が、俺をまっすぐに見つめていた。

彼女の存在を完全に失念していた。ボディガード兼相談役である彼女を単なる従業員と考えてしまっていたのだ。特徴的な目がサングラスで隠され、ほかのボディガードと色調を合わせたシックなスーツスカート姿だったのも、警戒心を麻痺させてしまった一因だったのかも知れない。

「その前の〈手を引け〉という警告文で、あなたの覚悟を確かめたのですが、あなたは案の定、手を引いたりはしなかった。嬉しかったですよ」

　彼女は軸足のバランスのとれた例の歩き方で一歩下がり、煙草をくわえた。ブラックデビル。火をつけ、煙を吐き出すと、心中を決意した夜に旅館で嗅いだのと同じココナッツの甘い香りが漂う。〈夢想とネルヴァル〉で意識を失ってから目覚めたとき、病院のベッドの横で彼女が吸っていたのも同じ煙草だったのだろう。窓の外に煙を吐いていたから、匂いまではわからなかったのだ。

「私ね、無性愛者なんです」

「無性愛者……」

「生まれつき、他人に性的な欲求を抱いたことがないんです。それと——」

　映像のなかで、恥じらっている少女のスカートを水奈都が脱がした。

　黒の下着姿になる。だが、そこで俺は異様なものに気づく。

　あるはずのない膨らみがあったのだ。

「もともとは男でした。でも、母は私を女として育てたがった」

「トランスジェンダーだというのか？」

「いいえ。母はそれを望んだのでしょうけれど。そして、高校時代からは柳沼の人間たちも」

柳沼の人間たち？

「柳沼の兄妹は、どちらも私が男性の身体のまま女性の性に目覚めることを望んでいました。母が私に女子の格好をさせて学校に通わせていたせいもあって、水奈都も水智雄も、女装をした私にひどく惹きつけられていたようです」

俺はこれまで起こったことのすべての意味を理解した。

そして、同時に、この屋敷に着いたときにかかってきた黒猫からの電話を思い返していた。

——先輩、あれから牧神の系譜をたどっていたんです。牧畜を司《つかさど》るパンと同じくギリシア神話に現れるサテュロスは半人半獣の妖精で、パンと同一視されることもあります。両者は古代ローマのファウヌスや、ルペルクスとの類型も見られるんです。そして、中世からは山羊は黒魔術によって悪魔的イメージを付加されていく。十一世紀頃になると、バフォメットという山羊の頭をもった悪魔の化身が誕生します。

——エリファス・レヴィの描いた悪魔的な山羊だろ？　つまり、悪魔のイメージとしての山羊だったわけか？

——いえ。それだけではありません。このバフォメットは、実は両性具有なんです。

あの時は、もう用の済んだ話だと思っていた。だから、適当な相槌を返したのだった。

そのあと、黒猫はどう続けたのだったか。

——山羊が黒いと聞いたときに、魔術的な類だろうとは思っていました。しかし、もう一つ気になっていたピンクの花の正体を仮定したら、すべてが氷解していく気がしました。僕はあのとき、刺青で一般的なのは桃だと言いました。しかし、話に聞いた花はどうも桃ではないようだった。それでいろいろ調べてみてわかったことがあるんです。

黒猫は、ピンクで真ん中だけが赤い花は、恐らくアーモンドの花だろうと言った。この花に関連するギリシア神話に、ゼウスの精液から誕生したアグディスティスという大地の女神の話があるらしい。

——それが、アーモンドの花とどう関わる？

——オリュンポスの神々は、アグディスティスが両性具有であることを恐れ、男性器を切り捨てたのです。そのペニスから生《な》ったのが、一本のアーモンドの樹でした。すなわち、アーモンドの花を描くことは、男性性器の切断を意味するのです。

——……馬鹿らしい。

俺はそのときすでに真相に到達していると思っていた。だから、彼の警告をあしらった。

——先輩、嫌な予感がします。気を付けてください。

あの時、黒猫はすでに真実に到達していたのかも知れない。

伊野上みづほは言った。

「私はずっとこの世に興味を持たぬ者を探してきた。そして、あなたの小説『がらてあ心中』を読み、同志に出会えたと思ったのです。だから、その舞台となったあの神社であなたを待ち伏せた。飲んだ後、あそこへ行くことは知っていましたから。私はここから脱するために、どうしても水奈都を殺す必要があった」

「なぜ柳沼家に留まっていた？　退学を機に逃げられたはずだろう？」

「偶然出会ったんです。水奈都にバレないように、その頃は男性として男装をして、名前も漢字で実津保としてミツヤスと読ませて東祥銀行で働いていたのに」

男を探さなかったからわからなかったのだ。

「そして水奈都は私の過去のフィルムをネタに脅すようになった。職場にも電話をかけてきた。だから、辞めるしかなかったんです。再就職も考えましたが、思い切って彼女のもっとも嫌がるところに飛び込むことにしたのです。つまり、彼女の兄のもとに。高校時代から、水智雄さんが私を好いていたことは知っていました。水奈都もそれに気づいていて、私を遠ざけようと必死だったくらいで」

「そのときに性転換を？」

「いえ。そのときもまだ性は男性のままでした。そのほうが水智雄さんの好みですから。そのことは、忍さんもおわかりでしょう？　〈夢想とネルヴァル〉に行かれたのだから」

「……どういう意味だ？」

　みづほはおかしそうに笑った。

「あそこのスタッフは全員男性です。水智雄さんは男性の身体のまま女性としての美貌を維持する者を好むのです」

〈夢想とネルヴァル〉にいた者たちが全員男性だった……？　道理で女を知り尽くしてきたはずの俺にも新鮮に映ったわけだ。

　俺が何も考えずに褒めた台詞に笑いが生まれたことを思い出す。それに、俺が山羊の刺青のある女でも雇ってもらえるのかと尋ねたとき、カオルコは妙な反応をした。俺は山羊の刺青に覚えがあるのかと思っていたが、あれはあの店で女を雇ってもらえるかと尋ねた俺に呆れていたのだろう。「水智雄さんに女の話なんか……」と言いよどんだのも、水智雄が男色家だったからだ。

　その後の藪沢や水智雄が〈夢想とネルヴァル〉について話題にすることすら避けようとしていた理由もそこにあったようだ。

みづほは旅館に水智雄を呼び出すとき、男色家であることをネタに脅していたのだろう。それと――水智雄に山羊の刺青をした女がほかにいないかと尋ねたときに、水智雄が知らないと答えた理由も今では明らかだった。

彼はあのときこう言ったのだ。

――いや、いない、そんな女は。

男なら、知っていたのだろう。

「私が女装をして水智雄さんの前に現れると、彼は思ったとおり、再び関係を求めてきました。その様子を間近で見ていた水奈都は、いよいよ嫉妬に狂い、自分か兄のどちらかを選べと言ってきました。自分を選んで、女装はもうやめてくれ、と。私は人間的な意味での性愛を理解しませんので、どちらも選ぶつもりはありませんでしたが、近々答えを出す、と言いました」

「なぜ女装をやめることが一途の証明になる？」

「高校時代から、水奈都の趣味は少しずつ変化していたのです。あの頃は女装した私を好きだった彼女でしたが、それから何度か私と情交に耽るうちに徐々に男性の魅力に惹かれていったのです。ですから、女装をやめることは、水智雄の興味の対象外となることであり、同時に彼女への愛を証明することになるのです。ただし、私は誰に一途になるための証明かまでは言っていません」

「まさか――」

「〈月ノ屋〉で、その答えを提示する約束をしました。だから、水智雄さんも同席させてほしい、と。そして、〈玉兎の間〉とその隣の部屋を予約しました。そして、あなたを眠らせた後、隣の部屋に行き、そこで待っていた水奈都に女性に性転換していることを見せつけたのです」

「その隙に毒薬を？」

「いいえ。そんなことをしなくても、狂乱に陥った彼女は、自主的に私の用意した薬をその場で飲んでくれました。何しろ高校時代から執着してきたものが失われてしまったのです。もう彼女に生きる意味はありませんでした。私はただ水と薬を差し出せばよかったのです。〈これを飲んで楽になって〉と言って」

楽になって――その言葉は、激しく混乱した水奈都の頭には優しく響いたことだろう。

水奈都はその夜、初めて見る太腿のアーモンドの花を死へのはなむけとして受け取ったことだろう。

「でも、運命は不思議だと思いません？　水奈都に再会しなければ性転換手術を受けることもなかったですし、忍さんと夜を共にすることもなかった。それってすごくないです？　忍さんの小説を読んだとき、文章に惚れるとはこういうことをいうのだと思いました。男性にも女性にも性的欲求をまったく抱かない私が、あなたの文を読み、静かな性的興奮に包まれ、生の充足を得たのです。水奈都を殺すことなんかなんでもなかった。あなたと死ねるなら──」

「待ってくれ……俺は……」

「ダメです？　私、忍さんに一途になると決めたのに。あなたの生も死も、受け入れるのに。『がらてあ心中』のラストを書けたあなたなら、どこまでも行けるのではありません？　生ぬるいこの世の次元を超えたつがいになりません？　お金なら水奈都が私と暮らすために、こっそり水智雄さんの口座から抜き取って貯金していたものがあるから、いくらでも使えますし」

あの晩、水奈都の口座から金を下ろしたのは、みづほだったのだ。

「忍さん、いまの私を作ったのはあなたです。私は昔から孤独だった。母親は私の容姿に合わせて女物の服を着せたがり、義理の父はそんな私を気味悪がったり、かと思うと、急に劣情に駆られたりしました。そして高校時代は柳沼兄妹に滅茶苦茶《めちゃくちゃ》にされた。私はずっと人間の性も生も、どちらも拒絶して生きてきたのです。私が女性になる覚悟を決めたのは、『がらてあ心中』の最後のシーンを読んだからなんですよ？」

人形の〈徳兵衛〉に恋した〈菜穂子〉は、最後、人形師である夫にこう頼むのだ。

――私を人形にしてくれません？　〈徳兵衛〉と寄り添いたいの。完璧な恋がしたいの。

無理です？

あれは、まぎれもない俺の本音だった。あの作品で、人形という、死も生も超越した世界へと、俺はひょうひょうと手をかけたのだ。

本音だったはずだ。

だが――。

「この世の名残、夜も名残。夢の夢こそ哀れなれ。さあ、行きましょう。あなたこそ、私の本当の同志。違います？」

三白眼が、俺を捉えた。

まるで、蜥蜴《とかげ》が獲物を捕らえるときのように。

「やめろ……寄るな……」

俺はみづほの手を引き離し、映写室から飛び出し、螺旋階段を駆け下りた。

そして、そのまま白昼の街へ駆けだした。

足がもつれ、何度も転びそうになった。底なしの愛が、恐ろしかったのだ。その姿が、人間を超えて美しかったからこそ、よけいに。生と死の両方を包まれ、完全に一つに溶け合う瞬間を夢見ながら、そしてそれを提供する者と対面しながら、俺は逃げ出したのだ。

俺には――結局のところ、まだ本当の意味で死の覚悟などできていないのだ。いざ生と死の両方を包み込むような存在を目の前にすると、俺の全身は恐怖におののき、拒絶を示した。振り返れば、そこには人形になることを辞さぬ〈菜穂子〉の狂気が待ち受けている。だからこそ、俺は振り返ったりはしなかった。

あれはあの夜だけの魔法であったのか。追い求めて追い求めて、ようやくふたたび向き合ったはずの伊野上みづほから感じたのは、漆黒の闇だった。この世の果ても夜の果ても知り抜く、最果てからの使者が、冷たい沼へと手招きをしていた。

ただし、その頰には涙はない。涙の枯れ果てたがらんどうの使者と手を取り、絶対零度の死の世界へ向かう勇気を、俺は持ち合わせていなかったのだ。

震える手で、道子に電話をかけた。

迫りくる闇から、どうにか抜け出すために。だが、電話は鳴り続けるばかりで、道子は出てくれない。

助けてくれ。

自分がいまどこを走っているのかすら、曖昧になっていく。

東京は迷路の様相を呈する。

たやすく名前を失い、よれた手袋の片割れとなって路上で果てられるほどに、東京は迷路だった。

都市は心そのものとなり、俺を永遠に道子から遠ざけようとしているかのようだった。

帰らなければ、道子のもとに。

俺は黒い山羊の幻影を振り払い、電話をかけ続けた。

この世界がどこなのか。

自分がどこを歩いているのかを知るために。

参考文献

『ギリシア・ローマ神話事典』マイケル・グラント、ジョン・ヘイゼル／西田 実（主幹）、入江和生、木宮直仁、中 道子、丹羽隆子 訳／大修館書店
『刺青の民俗学』〈歴史民俗学資料叢書4〉礫川全次／批評社
『いれずみの文化誌』小野友道／河出書房新社
『刺青とヌードの美術史 江戸から近代へ』宮下規久朗／NHKブックス
『刺青・秘密』谷崎潤一郎／新潮文庫
『刺青殺人事件 新装版』高木彬光／光文社文庫
『曾根崎心中・冥途の飛脚 他五篇』近松門左衛門／祐田善雄 校注／岩波文庫
『マラルメ全集Ⅰ 詩・イジチュール』／ステファヌ・マラルメ／松室三郎、菅野昭正、清水 徹、阿部良雄、渡辺守章 編集／筑摩書房

この作品は書き下ろしです。原稿枚数451枚（400字詰め）。

心中探偵《しんじゅうたんてい》

蜜約《みつやく》または闇夜《やみよ》の解釈《かいしゃく》

森《もり》晶《あき》麿《まろ》

平成29年11月10日　初版発行

発行人――石原正康
編集人――袖山満一子
発行所――株式会社幻冬舎
〒151-0051東京都渋谷区千駄ヶ谷4-9-7
電話　03(5411)6222(営業)
　　　03(5411)6211(編集)
振替00120-8-767643
印刷・製本―近代美術株式会社
装丁者――高橋雅之

幻冬舎文庫

ISBN978-4-344-42670-2　C0193　も-19-1

幻冬舎ホームページアドレス　http://www.gentosha.co.jp/
この本に関するご意見・ご感想をメールでお寄せいただく場合は、
comment@gentosha.co.jpまで。